のんべんだらりな
2
Nonbendararina Tenseisya
転生者～貧乏農家を満喫す～
Saku Sakura
咲く桜
illust 藻 Mo

Albus
アルバス
アダムズ公爵家の執事
Adams Von Alicerat
アダムズ・フォン・アリスラート
アダムズ公爵家の長女
「貴方が本当にクッキーの製作者なの？」

「!?」
Awl
アウル
貧乏農家の
息子

「遅ればせながら、
私はライヤード王国の第3王女
『ライヤード・フォン・エリザベス』よ！」
Lyyard Von Elizabeth
ライヤード・フォン・エリザベス
ライヤード王国の第3王女

『轟雷』!!
『水龍招来』!!
Yomi
ヨミ
アウルのメイド
Luna
ルナ
アウルのメイド

「えっと、どうでしょうか？
に、似合っていますか？」

のんべんだらりな転生者2

Nonbendarari na Tenseisya

～貧乏農家を満喫す～

Saku Sakura
咲く桜

illust 藻 Mo

目次
Contents

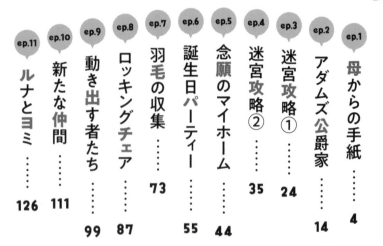

ep.1

母からの手紙

母からの手紙にはこう書いてあった。

『親愛なるアウルへ♡

この手紙を読んでいるということは、もう王都に着いたころかしら？　いや、アウルのことだからどうせ王都手前で読んでいるかもしれませんね。

どう？　当たったかしら？　そんなことはさておき、本題に入りましょう。あなたの才能は、はっきり言ってオーネン村だけに終わるには少々大きすぎます。でもアウルがこの村を愛しているのも知っています。だから、成人するまでに経験として王都を見て来なさい。王都にあるルイーナ魔術学院を受けられるように、公爵家の執事の方にお願いしてあります。

ちゃんと試験がありますが、アウルなら大丈夫でしょう。お金はアウルが稼いだものがたくさんあるので、その一部を執事の方に渡してあります。こっちで必要な分は確保してありますので、気にしないでください。というか、魔術学院に必要なお金は全く足りないので、頑張って稼いでね。

ちなみに学院は3年課程で来年の春に入学だから、アウルが13歳のころに卒業です。早ければそこで帰郷してもいいけれど、せっかくなので2年間くらいは世界を見てきてもいいのよ。そうして成人するころには一段と逞しくなって帰ってきてね。でも、寂しかったらいつでも帰って来るのよ！

　それから、ミレイちゃんはお母さんがいろいろと鍛えておくわ。完璧なお嫁さんにしといてあ・げ・る！　もし学院でいい娘がいたら、捕まえて来てもいいけど、ミレイちゃんも大切にするのよ！　それじゃ、頑張ってね！

　追伸　住むところは入学するまでは公爵家にお邪魔できることになっているわ！　入学してからは寮に入るか家を借りるか好きなほうを自分で決めてね！

あなたの麗しのお母さんより』

　読んだ瞬間に恥ずかしくなるくらい絶叫してしまった。そして、猛烈に頭痛がして来たよ、母さん……。

「ほっほ、手紙を読んだようですな。そういうことですのでこれからもよろしくお願いいたします。改めて自己紹介をさせていただきますが、公爵家で執事をやっております、アルバスです」

「なんか、すみません。入学するかどうかは未定ですが、よろしくお願いします。今更かもしれませんが、アウルと申します」

「まぁ、入学と言ってもまだ来年の春の話でございます。おっと、そろそろ屋敷が見えてきました。あれがアダムズ公爵家の王都での屋敷となります」

　俺が手紙に夢中になっているうちに、王都の中に入っていたらしい。ずいぶんと長く手紙に釘付けだったようだ。ちなみに、公爵家の屋敷の印象としては屋敷という言葉が生易しく感じるほどに豪華だし、なにより大きい。王都は建物も多く人もいっぱいいるはずなのに、ここだけ世界が違うかのようだ。

「なんというか、語彙力が低下するくらいすごいです」

「貴族の中でも最上位の公爵家ですからな。いろいろと示さねばならんところもある、ということです。では、着きましたので中へ参りましょう」

中に入っても全てが豪勢で、見るからに高そうな絵、壺、置物。ランドルフ辺境伯の屋敷も凄かったが、当たり前だがそれ以上なのを肌で感じることができた。いや、物の価値なんかイマイチわからないんだけどさ。

「ここの部屋で少々お待ちください」

アルバスさんに案内された部屋は応接室のような見た目だが、この部屋だけで我が家より広い。なんだかとっても悲しい気持ちになった……。

俺もいつかここまでとは言わないが、立派な家がほしい。憧れのマイホームというやつだ。もし、学院に入学することになったら王都に家を買うか借りるのもアリかもしれない。

待つこと30分くらいでアルバスさんが戻ってきた。待っている間も美味しい紅茶を堪能させてもらったが、メイドさんが淹れてくれたというだけで、あそこまで美味しくなるのだな。心から感動した。

「お待たせいたしました。お風呂の準備が整っておりますので、どうぞお入りください」

「え、お風呂ですか!?　入ります！」

願ってもない！　さすがに長い移動では汗を拭くくらいしかできなかったからな。一応魔法で清浄なんかはしていたけど、ここらでスッキリさせてもらえるのは本当にありがたい。

アルバスさんに連れられて浴場へと到着したが、見事な物だった。

広さ20畳くらいはあろうという湯船に、なみなみとお湯が張られている。

あの魔道具でお湯を張っているんだな。この量を賄える魔道具だといったいいくらするのか、考えるだけで懐が寒くなりそうだ。だが、いつかは買いたいな。別に魔法でなんとかなるとは言え。

体を丁寧に洗いお風呂へと入るが、やはり広いお風呂というのはいい。我が家でもそれなりの大きさがあったが規模というか次元が違うな。風呂場には石鹸も置かれていたけど、なんとなく見たことがある石鹸だ。というか、俺がレブラントさんに売ったもののような……。いや、気のせいだな。うん。

ゆっくりと体を温めて満足したところで、脱衣所へと戻ると数人のメイドさんが待ち構えている。嫌な予感のせいで、せっかく流した汗が舞い戻ってくる。

「一応聞きますが、なぜここに……？」

焦ってはいけない。全裸だが、ここで狼狽えれば男としてナメられる。そう、ポーカーフェイスだ。俺は焦らない男アウル。そう、それが俺だ。

「落ち着いてくださいアウル様。私たちはアウル様のお世話をしにきた次第です。お体を拭かせていただきます」

「えぇっ⁈　1人でできますよ！」

失礼します。と、されるがままに体を拭かれた。というか、全身くまなく拭き倒された。もし俺が女性だったらお嫁にはいけないほどに。ただ、悪くなかったとだけ言っておく。

途中、メイドたちが俺の下半身を見て「まぁ、立派な……」などと言っていたような気がしたが、気のせいったら気のせいだ。なお、悪い気はしないとだけ追加で言っておく。

気がつけば服も着せられていた。明らかに俺の服ではないけど良いのか？

「では、こちらです」

メイドに案内されてついて行くと、食堂のような場所へと到着した。食堂にはすでに美味しそうな匂いが充満しており、ますます食欲をかき立てられた。あ、お腹鳴った。

「お腹も空いていると思いますので、お食事をお持ちします」

待つこと5分くらいで、かなり豪華なご飯が出てきた。見るからに美味そうな食事に、思わず喉が鳴った。

焼かれている肉はミディアムレアで良い火加減、パンも外はパリッと中はふわっと、スープも濃厚でコクがあり絶品だ。ため息が出るほどに美味しい。

ゆっくりと食事を堪能し、のんびりしているとアルバスさんがいつの間にか目の前にいた。

「⁈　アルバスさん、気配を消すのはやめてくださいよ。めちゃくちゃビックリしました」

「ほっほっほ、執事の嗜みですのでご容赦ください。さて、食事も済んだようですな。それでは、そろそろお嬢様に会っていただきたいのですが、よろしいですかな？」

とうとう来たか……。緊張するが、仕方ない。そのために来たのだから。

「はい、大丈夫です」

　アルバスさんに連れられ、最初に入った応接室へと戻る。

　待つこと10分ほどでドアがノックされた。

　入ってきたのは見た目12歳くらいの女の子。目を引くのはその縦巻きの髪と子供には似つかわしくないほどに大きい胸、さらにはその容姿。危うく見惚れるほどに綺麗で整った顔、心なしかいい匂いがここまで漂っている気さえする。薄紅色の目と髪が特徴の女の子だ。

　しかし、そのお嬢様は部屋に入った途端ピタリと止まり、視線がアルバスさんと俺を行ったり来たりしている。

　アルバスさんがコクリと頷いたと思うと、見定めるような目で俺を見ながら、目の前のソファの前に立った。なぜ座ろうとしないのだろう。

「私の名前はアダムズ・フォン・アリスラート。アダムズ公爵家の長女よ。失礼だけど、貴方が本当にクッキーの製作者なの？」

　ある程度予想はしていたけど、やはり俺が製作者かどうか確認したかったらしい。

「私は平民ですので、少々言葉遣いがなっていませんが、そこについてはご容赦ください。確かにクッキーの製作者は私でございます。これ、よかったらどうぞ」

　アイテムボックスをわざわざ見せる必要もないので、事前にクッキーを入れた籠を出しておいたが、正解だったようだ。

アルバスさんにクッキーを渡し、念のために毒味をしてもらう。

「大変美味しゅうございます」

アルバスさんから無言でクッキーを受け取り、躊躇なく食べるお嬢様。

『さくっ』

小気味いい音が聞こえてくる。

「これよ‼　本当にあなたなのね⁈　最初は子供だから信じられなかったけど、会えて嬉しいわ」

「はい、私も公爵家のご令嬢にお会いできて、とても嬉しく思います」

「……私のことはアリスでいいわ。親しい者は私のことをアリスと呼ぶの。だから、貴方にも特別に許可します」

「ではアリス様、ですね。クッキーがお気に召したようで何よりでございます」

「敬語もいらないわ。私が呼んだのだし、貴方は客人ということになっているわ。我が家は平民を見下すような家ではないから安心してちょうだい。だから、もっと砕けた感じで喋ってもらっていいのよ」

ちらりとアルバスさんに視線を送ると頷いているので、本当にいいようだ貴族というのはもっと傲慢なものだと思っていたが、そうじゃない貴族もいるようだ。

「じゃあ、お言葉に甘えて。俺の名前はアウル、今年で10歳になりました。春まではここにお邪魔させてもらうと聞いています。よろしくお願いしますね、アリス様」

「ふふふ、もっと砕けてもいいのだけど最初はこんなものかしらね。ついでに言うと、様もいらないわ。私も今年で10歳になるから同級生なのよ？」

この見た目で10歳だと？　世の中というのは広いんだな……。この発育で10歳とは驚いた。実にけしからん。

「ではアリス、１つ聞きたいのですが、なぜ私をここへ呼んだのです？」

クッキーを食べたいだけなら、レブラントさんに注文を出すなり、方法はいくらでもある。それなのに、わざわざ俺を呼び出すという決断をした理由があるはずだ。

「ふふふ、気になるわよね。実はこのクッキーは今王都で流行っているのだけれど、１つはこの美味しいお菓子を作る人に会ってみたいという好奇心。２つ目は、あと14日後に予定されている私の10歳を祝う誕生日パーティーで振る舞うお菓子を作ってほしいからなの」

「誕生日パーティーですか」

「もちろん報酬は支払うし、材料もこちらで手配するわ。レシピを教えていただいても構わないのだけど、おそらく２週間では覚えることはできても、完璧なお菓子までは辿り着けないでしょうから、できれば作ってほしいのよ。あ、レシピは絶対に口外しないし報酬もかなり弾むようにするわ！　これで儲けたりもしないから安心してね。なんなら契約書を書いてもいいわ」

誕生日パーティーとなるとケーキは必須だろう。まだ王都にどんなお菓子があるかリサーチしてないからなんとも言えないが、クッキー程度で感動しているんだから、ケーキはおそらくこの世界にはないだろうな。

それに、ここでなら牛乳も手に入りそうだし、生クリームも頑張ればなんとかなるだろう。俺もついでに牛乳を大量に買い込んで収納しておけば、いつでも使えるようになる。まさに一石二鳥だ。オーネン村にも牛はいるが、乳牛ではないので仕入れて帰るのもありかもしれない。

牛乳があれば、お菓子だけじゃなく料理の幅も格段に上がるな。グラタンにシチュー、パスタ。なんでもありだ。バターを作ることも可能だろう。

春までお世話になるんだし、それに相手は公爵家。ここで1つと言わず、たくさん恩を売っておくのもいいかもしれない。

「わかりました。そのご依頼、承りましょう。詳細については後で詰めるとして、確認ですが牛乳、卵などは新鮮な物が手に入りますか？」

アリスはわからないのか、アルバスさんにちらりと視線を送って確認している。

「はい、もちろん大丈夫でございます。何でしたら砂糖も手に入りますよ。以前、質の良い砂糖が少数ですが売りに出されていたのを購入しておりますので」

なんとなく身に覚えがあるが、これは気のせいではないようだ。

「あ、いえ、砂糖は自前のものを使うので大丈夫です」

途端に場が凍りついたように固まった。……なんだ？　急にどうしたんだろう？

「ア、アウル殿。もしかしてとは思いますが、王都に少量のみ流通している白亜のごとく真っ白な砂糖は、アウル殿がお作りになられているので……？」

……あ。そうか。砂糖の出所はまだわかっていなかったのか。

「えっと、内緒にしてくださいね？」

「喋るわけにも参りません。あれはどこの商会、貴族も喉から手が出るほどに欲しているものなのですから」

「……アウル、あなた何者？」

「あはは、俺はただの貧乏農家ですよ」

こうして、アリスの誕生日パーティーのお菓子作りを担当することに決まったのだった。

ep.2 アダムズ公爵家

公爵家のご令嬢であるアリスの誕生日パーティーが2週間後に開催されるから、それのお菓子を作ることになった。そして、一応材料の砂糖はたんまり作ってあるので、とりあえずは大丈夫だろう。

なので、試しにいくつかお菓子を作ろうと思い、厨房を貸してもらいたかったのだが……。

「お前のような子供に、この神聖な厨房を貸すことはできない！」

と言われている始末だ。彼曰くここの料理長らしい。確かに彼のご飯を食べたが、本当に美味しかった。公爵家料理長の名前は伊達じゃないらしい。

「しかし、アリスラート様からお菓子の製作依頼をされているのですが？」

「ふん。お前のような子供に何ができる。お嬢様が認めようと私は認めんぞ！」

ふむ、このままでは平行線だな。正式に依頼されている手前、はいそうですかと引き下がるわけにもいかないしなぁ。ここで、アリスに泣きついてもいいけど、それだとこの人たちと禍根が残るだけだ。よし。

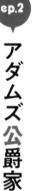

「わかりました。ではこうしましょう。もし私があなた方をあっと驚かせるような料理を作ったら、厨房の使用許可をください」

「王城の料理担当もしたことのある私をあっと言わせるだと？　ふん、面白い。いいだろう。その代わり、できなかった場合、さっさとこの屋敷から出ていくんだな！」

よし、乗ってきたな。にしてもこいつ、なんでこんなに俺のことを目の敵にするんだ？　そんなに子供が嫌いなのか？

大見得を切ったはいいが、何を作ろうかな。お菓子を作ってもいいのだが、どうせならちゃんとした料理でコイツらを黙らせたい。どうやら、食材はおおよそなんでも揃っているみたいだし、足りない物は自分の物を使えばいいか。

牛乳、卵もあるな。決めた、『オーク肉の角煮』『カルボナーラ』『ポトフ』の3種類にしよう。

オーク肉は熟成させた最高品質の物がアイテムボックスに入っているし、醤油も完成している。生クリームはないけど、牛乳があるから代用できるだろう。チーズも種類がいろいろあるな。パスタはまだこの世界に普及していないみたいだし、村にいるときに試しに作ったやつを使うか。ポトフも自家製の特製ベーコンとソーセージを使って作ればいい味が出るだろう。コンソメがないけど、醤油風味でなんとかしようかな。あとはたくさんの野菜を煮て旨味を出せば完璧かな。あとは時間あるときを見つけて、簡易コンソメを作ろう。

調理しておよそ2時間、最初はバカにしたような目で見てきた料理人たちも、途中からは珍しいからか食い入るように見てたな。最後のほうなんて、いろいろ質問してきたし。見たことない料理ってのはインパクトも強いよね。

「できました。オーク肉の角煮とカルボナーラ、特製ポトフです。温かいうちにどうぞ？」

角煮を作るとき、圧力をかけるように魔法をかけてみたが、どうやらうまくいったようでかなりホロホロに仕上がっている。

パスタもアルデンテでいい感じだし、ポトフも野菜の旨味とベーコンとソーセージの旨味が混ざり合って最高に美味い。我ながらかなり良くできた。これで駄目ならもうお手上げだ。

「……」

「料理長？　どうかしましたか？」

「……アウル君、いや、師匠！　私にこの料理を！　どうか教えてください‼　先程は失礼なことを言いました‼　何卒お許しを！　あ、靴舐めますか⁉」

もはや引くレベルの手のひら返しだが、それほどに料理が好きなのだろうな。俺としても嫌ではないが、この料理は割かし魔法も使ったし特製の材料も使った。そればっかりは我慢してもらうしかないが。

「料理長、頭をあげてください。別に料理を教えるのは構いません。むしろ、俺もいろいろ教えてほしいですから、おあいこということにしましょう」

「師匠……。なんてお優しいんだ。不肖クックル、これからは師匠を目標に料理道を極めたいと思います！」

大袈裟だが、悪い人ではないんだろう。それだけ真摯に料理と向き合ってきたからなのだろう。

「あ、今作った料理教えますけど、他の人に教えたりしたら駄目ですよ？　一応、これのレシピで稼いだりしようと思っているので」

「わかりました！　しばらくの間は研究します！」

ふう、これで問題なく厨房を使えるな。

と、思っていたらアリスがふらっと厨房に現れた。じっと見つめているのはさっき作った料理たち。とりわけ、カルボナーラに視線が注がれている気がする。

「料理長、これはあなたが？」

「いえ！　これは師匠……アウル君が作った物です、お嬢様」

それを聞いたアリスは嬉々として、料理を黙々と食べ始めた。あっという間に全て食べてしまった。もちろん、全てとは作った料理全てという意味だ。

俺の分なくなった……。

「ふぅん？　アウル、あなた料理もできたのね。それも、食べたことのない料理で味もめちゃくちゃ美味しい………よし決めた」

……嫌な予感がする。

「アウル、あんたにお菓子だけじゃなく提供する食べ物、全てお願いするわ‼」

ほらね？　厄介ごとだ。この体は厄介ごとを引きつけるスキルでもあるのだろうか。……いや、俺の自重しない性格のせいか？　だとしても、俺のせいじゃないだろう。

じゃあ、仕方ないか！　一回言ってみたかった台詞もあるしな。

「……俺の料理は高いですよ？」

……へへっ、決まったな。

「いくらでも報酬は払うわ。誕生日パーティーに参加する全員を、あっと言わせるような料理やお菓子を作ってちょうだい」

おぉう……さすがは公爵家。経済力が段違いだ。料理一つにいくらでも報酬を払うとか、価値観が全く違う。ここまで言われたら俺もやるしかない。

「わかりましたよ、アリス。当日は楽しみにしていてください。ということで今日以降は厨房に来ちゃ駄目ですよ？」

「なんでよ⁉」

「先程、アリスは参加する『全員』と言ったので、アリスは主役として参加しますよね？　つまり、そういうことです」

がっくりと膝から崩れ落ちたアリスは、料理のつまみ食いを楽しみにしていたようだが、我慢してもらわなきゃな。

「そういえば料理長、さっきはなんであんなに帰らせようとしていたんですか？」

「うっ、えっとですね。実は……」

率直に言おう。逆ギレのような理由だった。要はクッキーに嫉妬して作ったやつを見定めてやろうと思ったら、まさかの子供が来たから、らしい。もっと言うとクッキーのせいでお菓子をアリスに作ってもため息ばかりされていたせいで、八つ当たりのようなことをしたのだとか。

……いや、子供か。

と言うことで、２週間後に控えたパーティーの料理とお菓子を考えないといけなくなったわけだが、１人で作りきれるわけない。料理長や料理人の方々に手伝ってもらわなければ、確実に無理だな。……何人参加するかも確認しないと。

……驚愕の500人らしい。びっくりするほどのスケールだな。これでもかなり抑えたほうだと言うのだから、貴族というのは本当に恐ろしい。

まず、当初の予定であるお菓子だが、必須なのは誕生日用の大きいケーキだろう。ウェディングケーキとはまた違い、少しだけ趣向を変えた物を作るつもりである。あとは一口サイズの小さいケーキ等を5種類くらいか。チーズケーキ、アプルパイ、ロールケーキ、フルーツタルト、シュークリームがまだ作りやすいところか。あとは数種類のクッキーかな。さっき食料庫を見たらりんごのような果物があったので、アップルパイが作れる。ちなみにアプルという果物らしいので、アプルパイなのだ。ややこしい。

……今更だけど、ここまでやってしまって大丈夫かな？　今になって不安になって来たぞ。一応、製作者は明かさないって約束も守ってもらわないとな。まぁ、どこまで効果があるかわからないけど、用心に越したことはない。

「アリス〜、お願いがあるんだけど」
「あらアウル、なんのお願いかしら？　味見ならいつでも受け付けるわよ？」
「まぁ、それは諦めてくれ。クッキーあげるから」
「わーい」
「じゃなくて、材料をなんでも集めてもらえるということらしいから、俺は過去最高に自重なしでいろいろ作る予定だ」

「……えっと、最高の誕生日パーティーになりそうね？」

「そこでなんだが、俺が作ったということは秘匿してほしいんだ。面倒ごとは御免だからな。そして、アリスのためにこうして依頼を受けるのはこれが最初で最後にする予定だ。俺はのんべんだらりと過ごすのが目標なんでね」

「えぇ!?　そんな‼」

「ちゃんと料理人たちが作れるようにしておくから心配するな。まぁ、その料理人たちもこの公爵家以外では作らないように言ってある。そもそも必須材料は俺以外にはおそらく調達が無理だから、あまり意味ないけど」

「むぅ～！」

膨れているアリスに一瞬ドキッとさせられたが、これ以上の厄介ごとは御免被る。まぁ、可愛かったけれども。

「まぁ、たまにならお菓子作ってやるから、それで許せ」

「ふふふ、絶対よ？」

やはり、女性の笑顔というのは本当にずるいな。ずっと見ていたくなってしまう。ましてや、こんな美少女だとなおさらな。……ミレイちゃんに怒られそうだな。少し自重しなければ。

……その日の夜、アリスのご両親を急遽紹介されることとなった。というか最初から決まっていたらしく、ただ伝えられていなかったらしい。最初から教えてくれよ！　こっちにも心の準備というものがだな……。

食堂で座って待っていると、アリスとアリスのご両親が入って来た。お母さんはアリスの姉と言われれば信じてしまいそうなほど若い。アリスが長女と知らなかったら絶対に勘違いしていただろう。次にお父さんだが、いわゆる細マッチョな体格と甘いマスクが印象的だが、公爵家には美男美女しかいないのか？

「初めまして。アリスの父のアダムズ・フォン・クラウドだ」

「私はアリスの母のアダムズ・フォン・フィオナよ。よろしくね」

「私はオーネン村のラルクとエムリアの子、アウルと申します。よろしくお願いします。言葉遣いがなっていませんでしょうが、ご容赦いただければありがたいです」

「構わん構わん、それに今まで辺境の農民の子供とは思えない程度には喋れておるしな。とりあえず、食事をしながら話をしようか。冷めてしまうのも勿体ないしな」

ちなみに夕食のうち、一品だけ俺が作った物が出されている。アリスにどうしてもと頼まれたので作ったのだ。

「む、今日は今までにない料理があるな。白いスープとはまた斬新な」

「そうですわねぇ。クックル、これはなんという料理なのかしら？」

「ええっとですね、それは……」

やばい、料理名を教えるのを忘れていた。クリームシチューというのだが、伝えるわけにはいかないよな。いや、口パクでいけるか？

アウル『これはクリームシチューと言います』

料理長『おれに全部まかせてくれないか？』

やばい、絶対伝わってないよ。あの顔はよくないことを考えている顔だよ。クックルはどこまで行ってもポンコツだな。

「これはアウル君が調理したものですので、アウル君に聞いていただければと」

グッと親指をあげて、こっちにウインクを飛ばしてくるクックル。あとで覚えとけよ、料理名を教えなかったのは俺の落ち度だが、それにしてもそのキラーパスはないだろうが。

「あー、これは牛乳を使ったクリームシチューという料理です」

「牛乳⁉　牛の乳か！　……食べないうちに何かを言うのは間違っている、よな」

アリスのご両親は意を決したように口へ運んだ。アリスは特に気にせず食べており、美味しいのか嬉しそうに顔を破顔させている。

「くりーむしちゅー？　とやら、美味しいではないか！　これは素晴らしい！」

「ええ、これは素晴らしいですわ！」

喜んでもらえたようだ。その後は世間話をしつつも食事が終わり、特に深くは詮索されずに解散となった。途中、クラウドさんから圧力のような何かを感じた気がしたが、公爵家の当主ともなると覇気もすごいのだろうと放っておいていると、フィオナさんに叩かれていた。なにかと楽しいご家族のようだ。

「では、アウル様。今日からはここの客室をお使いください。何かご用がありましたら、このべルを鳴らしていただければ専属のメイドが対応いたしますので、何なりとお申し付けください」

「何から何までありがとうございます、アルバスさん。今日は少し疲れてしまったので、もう休ませていただきます。お休みなさい」

公爵家のベッドは驚くほど柔らかく、一瞬で深い眠りへと落ちてしまった。

ep.3 迷宮攻略①

地球のころは朝にはめっぽう弱かったが、ここ『アルトリア』に転生してからは、農家の息子だからか日が昇ったくらいで目が覚める体になってしまった。習慣というのは恐ろしい。

体感だが、おそらく朝の5時半くらいだろう。

部屋はおおよそ20畳くらいあるのでかなり広い。さすがは公爵家といったところだ。

時間もまだ早いし、監視するような気配も感じない。日課である魔力操作の鍛錬でもしようかな。

体の周りに複数の属性ボール系魔法を浮かべて周遊させる。単一だけならば簡単だが、属性が増えるごとにその難易度が上がるのを発見している。これをやり始めてからというもの、魔力操作が格段に向上したのだ。いまだにボール系魔法の大きさは均一だが、もっと魔力操作がうまくできるようになれば、大きさにもバラツキをもたせる練習をする予定である。ちなみに、今使えるのは『火・水・風・土・氷・雷・聖・無』の8種類。

王都に来る途中にアルバスさんに聞いて分かったことだが、アイテムボックスは空間属性ではなく、どうやら無属性魔法らしい。アルバスさんもアイテムボックスは使えるそうだ。ただし、俺のほど高性能ではないようだけど。

ということなので、最終的には空間属性を使えるようになって転移魔法とか重力魔法を使えるようになりたいものだが、そんな日は来るのだろうか。

　魔法は今のところ困った点はほとんどないが、問題は近接戦闘か。剣術は一応それなりには使えるが、はっきり言って中の下がいいところだろう。マイナーではあるが、杖術《じょうじゅつ》ならば困らない程度には使えるので、当分は魔法と杖術をメインに鍛える予定だ。

　それに、日本刀の詳しい作り方はさすがにわからないので、自作は厳しいだろうな。

　マイナーとは言ったが、杖術は「突けば槍、払えば薙刀、持たば太刀、杖はかくにも外れざりけり」と言われるほど万能な武術なのだ。まぁ、何度も言うようにマイナーではあるが……。

　周囲に各属性のボール系魔法を展開しながら、杖術の型を実践する。最初はゆっくりと確認するように。しかし最終的には全力の身体強化をしながらの型。もちろん魔法は展開しっ放しである。他人から見れば、色とりどりの魔法球が周遊しているのはかなり綺麗なのではないだろうか。ゆくゆくは魔法球の層を何層も作ってみたいな。

　鍛錬に夢中になりすぎて、気づけば朝食の時間になっていた。メイドさんらしき気配を扉の外に感じたので、さっと汗を拭いて着替えを済ませる。

　メイドさんに連れられて食堂に来たが、食堂にはまだ誰もいなかった。俺が平民であることを考えたら一番最初に来ることは普通か。いや、もしかしたら公爵家の方々が単純に朝に弱いという可能性もあるが。

　用意された朝食はパンにサラダ、スープと焼いたベーコンだった。ベーコンの製作者については、まだ公爵家ではアルバスさんしか知らない。

それなのに出てきたということは、それだけ王都でも流行っているということの現れだろう。

みんなが揃うのを一応待っていると、5分もしないうちに全員が揃ったので朝ごはんを食べる。

クックルが作ってくれたのかわからないが、朝食もとても美味しかった。

公爵家の人たちと食事を共にするのはいまだに緊張するが、良い人ばかりなのですぐに慣れる気がする。というか俺の精神的にも早く慣れたい。

……自分でも思うが、なかなかに肝っ玉が据わっていると思う。下手なことをすれば不敬罪と言われてもおかしくない状況な気がする。念のためだが、肝には銘じておこう。

食事をしながらアリスの誕生日の話になったのだが、正直なところ誕生日パーティーまで全然時間がない。お菓子は何を作るかだいたい決めてあるが、料理は何も決まっていないのが現状だ。

そういや、こっちの誕生日パーティーってどういう形式でやるんだろう。立食形式なのかな？

「アルバスさん、貴族様の誕生日パーティーというのは、どういった形式でやるのが普通なのですか？　普通に立食形式になるのですか？」

「ほっほ、すみません。その説明をしていませんでしたな。基本的には二箇所に分かれて、料理とお菓子が置いてありますので、そこからメイドに取らせてテーブルに移動して食べるのです。椅子は壁際にも用意してあるのでそこで食べられる方もいらっしゃいますな」

やはり、立食スタイルが基本というわけか。

「料理は大皿に山盛りになっている感じですか？　お菓子も？」

「そうですな、それをメイドたちが取り分けるのです」

「なるほど……。飲み物は？」

「飲み物もすでに注がれた状態のコップが置かれている感じですな。そこから好きなものを取って飲むのです」

「わかりました。ありがとうございます」

アルバスさんに聞く感じだと、そこまで地球と変わらないのがわかる。

根本的には一緒みたいだけど、せっかくなので少々手を加えてもっと居心地がいい楽しいパーティーにしてあげたい。

パーティーの方針は決まったし、あとは料理をどうしようかな。和食もできなくはないが、さすがにやり過ぎな気もする。

……よし、イタリアン・洋食・中華のいいとこ取りにしよう。フレンチは作れるけど難しいし手間が多いからパスだ。和食は調味料が独特になりがちだし、他の貴族たちが欲しがっても売るつもりもないので今回は見送りかな。

イタリアン・洋食・中華があれば、好みが分散してもある程度対応できるだろうし、食材をほとんど公爵家が集めてくれるなら、お金に気を遣う必要性は全くない。

よって、作るメニューはこうだ。

【イタリアン】

パスタ、ピザ、生ハムサラダ、ニョッキ
【洋食】

ハンバーグ、グラタン、ローストビーフ、オムレツ
【中華】

餃子、シュウマイ、トンポウロウ（豚の角煮のようなもの）、ワンタンスープ
あとは適当に料理長に、この世界の料理を何品か作ってもらえれば十分だろう。

試作しようにも、注文した食材は全部届くのに2日かかるとのことなので、一旦は暇になってしまったな。手持ちの食材で試してもいいけど、焦る必要はないだろう。むしろ施策が必要なのは料理よりもお菓子のほうだ。

なので、手持ちでできるケーキを作ることにした。作るのはアプルパイ。

アプルはもともと公爵家にあったし、他に必要なものもほとんどあったので材料的には問題ない。カスタードクリームに使う材料も概ね揃っていたので、今回作るのは、ローズアプルパイだ。ローズと言っても、薔薇を使うわけではない。薄く切ったアプルに砂糖・バター・レモン汁を入れて加熱する。

次にカスタードクリームを作るために薄力粉・砂糖・卵・牛乳を混ぜて加熱。さらにかき混ぜて加熱。再度かき混ぜて冷やせばカスタードクリームの完成だ。

バターをたっぷりと使って作ったパイ生地を耐熱皿に敷いて、カスタードクリームとアプルを加熱した際に出た汁を入れる。最後に薄く切って火を通したアプルを薔薇の花びらのように並べてオーブンで焼けば、ローズアプルパイの出来上がりである。

カスタードクリームにバニラエッセンスを入れられなかったのは心残りだが、ない物は仕方な

い。

　いざ味見をしようとしたら、厨房の外がガヤガヤとしていることに気がついた。

　視線を移すとそこには、はしたなく涎を垂らした残念な美人メイドたちが数人いた。

　視線は明らかにアプルパイに向いている。どうやらこの世界の女性に、この甘く香ばしい香りは刺激が強すぎたらしい。

「……えっと、一緒に食べますか？」

「「「食べます！」」」

　一応、アリスには内緒にしてもらったが、どこまで隠し通せるものなのか。絶対にバラしませんなんて言っていたけど信用できる気がしない。薔薇だけに。

　だってもの凄く怖かったよ！　あんなに優しそうだったメイドさんたちが飢えた獣のようだった。果てには「アウル君彼女とかいるの？　いないならお姉さん立候補しちゃおうかな？」なんて言われ始める始末だ。それが純粋な気持ちから出た言葉なら俺も素直に喜べるのに、顔にお菓子が毎日食べたいと書いてあるもんだから、反応に困る。

　初めから一緒に食べなければ良かったのかもしれないけど、あそこであげないという強者がいればぜひご一報いただきたい。代わってやるから。

　ともかく、アプルパイについては問題なく作れることは確認できた。

　そのあと、自分用のクッキーを作って部屋に帰ったのだが、この日からなぜかメイドさんたちが30分置きくらいに俺の部屋へとやってきて、何か用はないかと聞いてくるようになった。

……朝のメイドさんに、呼びに来てくれたお礼にクッキーを渡したのがいけなかったのかな？

アリスの誕生日パーティーにたくさんのお菓子を作るのが不安になってきたな。

朝起きて外を見ると、今日も今日とていい天気である。まだ時間は朝の5時半くらい。日課の鍛錬を済ませて朝ごはんを食べたところで気がついたが、今日の予定が何もない。お菓子を作ってもいいのだが、いかんせんメイドさんたちが怖いので連日は俺の精神衛生上やめておきたい。いや、本当に。

単純に王都を散策してもいいけど、迷子になっていろんな人に迷惑をかけるのは目に見えている。空間把握を使っても良いんだけど、情報量が多すぎて絶対に疲れるだろうから、できればやめておきたい。変なところへ迷い込んで、ヤのつく人たちに絡まれても嫌だし……。

ということで、困ったときのアルバスさん頼みだ。

「そうですなぁ。アウル殿ほどに魔法を多彩に使えるのであれば、迷宮に行ってみるというのも面白いかもしれません。本来ならば絶対薦めないのですが、アウル殿は少々特殊ですし、問題ないでしょう。ほっほっほっほ」

【迷宮】

『アルトリア』に108個あると言われている。迷宮の中には魔物が跋扈し、侵入者を迎撃する危険な場所だ。それでも挑戦者が後を絶たないのは、迷宮の魔物を倒すとドロップ品が手に入ることがあるからだ。それ以外にもごく稀に宝箱があり、中には希少な魔道具や武器などがある。

それゆえにリスクを承知で迷宮に人が集まるのだ。

そして、ここ王都にも有名な迷宮がある。『迷宮番号4』。NO．1～10をナンバーズと呼び、他の迷宮とは一線を画すほどの難易度と深さを誇る超巨大迷宮らしい。

確認されている階層は53階層が一番深いらしく、全部で100階層あるのではないかと考えられているようだ。

本来であれば、冒険者ギルドに登録しないと中に入れてもらえない制度らしいが、年齢が成人である15歳以上じゃないと登録できないとのこと。どうしようかとなったのだが、迷宮前の衛兵にアルバスさんが話しかけたところ、なぜか入れてもらえた。

「わ、私は子供が入っていくのを見てないであります」

「ほっほっほ、昔にちょっとだけ恩を売っておいたのですよ」

……衛兵の人が顔を真っ青にして冷や汗をかいている。いったい何をしたのかわからないが、アルバスさんは怒らせないほうが賢明だな。

「では、私はここで。アウル殿であれば大丈夫でしょうが、十分にお気をつけください。アリスラート様には内緒にしておいてあげますので。ほっほ。公爵家に帰る際はそこの衛兵に言えば案内してもらえるでしょう。では、ご武運を」

そう言い残してアルバスさんは屋敷へと帰っていった。

時間は朝の9時を過ぎたくらいか。夜ご飯を考えると18時には戻ったほうがいいだろう。

自作の砂時計をセットして準備は万端だ。

「よし、行くか！」

洞窟然とした見た目なのに、なぜか中は昼間と勘違いするほどに明るい。さすがはファンタジーの世界、原理が全くわからない。物理法則なんて関係ないってことだろう。

この迷宮はナンバーズ迷宮だから、1階といっても油断はできないな。

身体強化！　気配察知！　気配遮断！　空間把握！

「こんなもんでいいかな？　目標はとりあえず10階くらいか」

5階層ごとにゲートキーパーと呼ばれる中ボスがいるらしいから、それを2体倒せれば御の字だ。

ゲートキーパーからは、そこそこ良いドロップも出るみたいだし、ちょっとワクワクしてきたな！　存在を知ってはいたけど迷宮に入るのは初めてだから、興奮が収まらない。

「お、最初の魔物はスライムか。定番と言えば定番かな」

魔法を使うまでもなく、魔力を纏わせた木の杖で薙ぎ払うと、スライムは魔石を残して消え去った。

「これがドロップか。思ったよりもショボいな……」

とは言ってもここはまだ1階層の入り口、まだまだこれからか！

気配察知を使ってなるべく人に会わないようにしながら奥へと進むが、出てくる魔物は雑魚ばかりで張り合いがない。

それに空間把握を常時使っているために、道に迷ったりすることもない。罠はまだないのでズンズン進める。それに、空間把握は最低限の範囲に留めているので、魔力の消費も少なくて済む。洞窟という構造のおかげでもある。

「これが下に下りる階段か。思ったよりも見つけるまで早いか？」

　2階層への階段はおおよそ30分くらいで見つけられたから、このままうまくいけば10階層突破も不可能じゃない。

　予想通りその後も特に困ることなく5階層へと辿り着いた。かかった時間は3時間ジャスト。途中休憩を挟んだためだ。なので、一層あたり30分で走破している計算になる。我ながらよく飽きもせずに洞窟を走り回れるもんだな。景色が一緒過ぎだが飽きることすらなかった。


「さすがに、上層に宝箱はないかぁ。おっと、ここがゲートキーパーのいる部屋だな」

　油断すまいと、魔力を綿密に練ったアクアランスを空中に20本待機させてからボス部屋へと突入した。備えあれば憂いなしとも言うしね。

　ゲートキーパーとして姿を現したのは、巨大なゴブリン。王冠をしているところを見ると、キングゴブリンってやつだろう。初めて見るから断定はできないけど。

　とりあえず待機させておいたアクアランスを全弾発射。もの凄い轟音とともに、土煙が宙を舞う。しかし、水属性の魔法を使ったおかげであっという間に土煙は収まってくれた。

　土煙が晴れたそこには王冠だけが残されており、キングゴブリンは跡形もなかった。

「おぉう……？」

……オーバーキルすぎたか。念には念をと思っての魔法だったが、そこまでの心配はいらないことがわかった。次からはもう少し戦闘を楽しめればいいのだが。

ドロップは王冠と魔石と大きさ30㎝くらいの宝箱が1つずつ。中を開けると小さい巾着袋が入っているのみ。

「思ったよりも軽いな……」

恐る恐る巾着袋の中を確認すると、何かの種のような物が大量にあるだけ。

……どうやら、この迷宮は農家御用達らしい。

ep.4 迷宮攻略②

5階のゲートキーパーを不覚にも瞬殺してしまったので、予定の時間まではまだ約5時間近く残っている。上層というのは意外と簡単なのかもしれない。

「にしても、種ね。なんの種かは植えてみればわかるとはいえ、なんかイメージと違うよなぁ」

命を賭けて迷宮に挑んだ成果が、種だけってリターンが悪すぎだろ……。もしかしたら、育てたらめちゃくちゃ高価な果物になったりする可能性もあるが、先が長すぎる。無事に育てられるかどうかってわからないのに。

とりあえず気を取り直してすぐに次の階へと階段を下りるが、わかりやすく雰囲気がガラリと変わった。さっきまでは迷宮然とした洞窟のような感じだったが、次の階層はどこを見ても草原が広がっている草原エリアだった。

ところどころに林くらいの木が生えている箇所もあるが、ほとんどは平原のようだ。こんなところで寝転んで、昼寝でもしたら最高に気持ちいいんだろうな。

出てくる魔物もレッサーウルフやホーンラビット、グラスビーと、少し強くなったが依然として雑魚ばかり。基本的には訓練も兼ねて杖術による攻撃で対処するが、数が増えたら魔法で一蹴する。

襲ってくる魔物を全部倒しながら進んでいると、気づけば大量の魔石が収納されているが、目標まではまだ折り返し地点。先はまだまだ長いから、油断はできない。

「いくら草原エリアだからって、迷宮の中に空があるなんてな」

草原エリアの空には少しの雲と青空が広がっている。さすがに太陽はないようだが、ずっと待てば夜になったりするのだろうか……？

「そういや、王都に来てからというもの、クインを出せてやれてないから出すか」

実は、王都に来ることになったときにクインはオーネン村に置いて行こうと思ったのだが、クインが俺から離れなかったため、仕方なく連れて行くことにしたのだ。しかし、従魔登録をしようにも年齢的に冒険者ギルドは登録できないので、魔法でどうにかならんかと試行錯誤したら、なんとかなった。

「出ておいで、クイン」

亜空間から出て来たクインは自然が楽しいのか、嬉しそうに俺の周りを飛んでいる。

「クイン、俺は下の階層へ行くけどどうする？」

ふるふる！

どうやら、ここで少し遊びたいらしい。

「クイン、一般の冒険者もいるから気をつけてね？　一応、従魔とわかるようにバンダナを巻いておくね」

バンダナを巻いたクインは、ふらっと林のほうへと飛んで行った。……さっきグラスビーがたくさんいた場所に飛んで行ったのは、気のせいだよね？

クインと別れた後、時間が惜しいので全力で走った。草原を身体強化で走り抜ける爽快感がたまらないほど気持ちよくて、気づけば次の階に行く階段に着いてしまった。俺は風になったのだ。本来であれば半日かかるような道のりも、魔力に物を言わせて、30分で走破できてしまう。まぁ、空間把握や気配察知のおかげで魔物に出会って時間を取られることがなかったのだ。また、草原エリアゆえの特性か罠が全くない。

それゆえの30分というわけだ。

……だとしても、ここまでくるとさすがに人を辞めているような気がする。便利なのには変わりないが、人前ではある程度の自重は必要だろう。俺の安寧のためにも。

次の階も草原エリアだったので颯爽と走り抜ける。一応宝箱がないか空間を把握しながら走っているけど、さすがにこんな上層にはもう残っていないのかな。そもそも、宝箱は一度取ったらなくなるのか、それとも定期的に出現するのか。その辺の詳しい事情は知らない。アルバスさんに聞いたら教えてくれるのかな？

そんなことを考えながら走り続けたら、いつの間にか10階に着いていた。冒険者のパーティーも途中に何組かいたけど、バレないように走り抜けたから大丈夫だよね？

「にしても、ゲートキーパーの部屋までもが草原とは。そんで、雰囲気のある黒い狼が1匹……。確かブラックウルフとかいうやつだったっけ。あとはグレイウルフ、それにレッサーウルフが複数体ずつね。ここまで数が多いとさすがに面倒だな」

親玉と思われるブラックウルフにその部下のグレイウルフ、そして雑魚のレッサーウルフの混成部隊が一つのゲートキーパーということらしい。

頭で考えていると、ブラックウルフが指示を出したのかウルフたちが迫って来る。明らかに練度が高い。野生で群れているやつらよりも、戦闘に特化したような印象を受けるのは、さすがは迷宮の魔物か。

四方から連携しながら噛みついてくるのを体術のみで躱しながら、杖で頭を砕いて行く。魔力を込めた杖は、鋼鉄並みに硬いのでそうそう折れることもない。

魔法を使わないように戦っていると、気配察知に引っかからないのに空間把握に引っかかるやつがいたので前に思いっきり飛ぶと、さっきまで立っていたところにブラックウルフがいた。

「何をした……?」

さっきまで奥にいなかったか?!　気配察知にも確かにそこに……!

視線を向けるとそこには黒い靄《もや》のような物があり、急にふわっと消えた。

存在を偽れるってわけか。ちょっと厄介な能力があるみたいだが、生憎だったな。お前よりもすごい能力のある魔物を知っているんでね!

成長によって体が大きくなったことで、ちょっとだけだが前の世界で教わった杖術が使えそうである。鍛錬ではいつも型の練習はしているが、実戦で使うのは初めてだ。

集中のために目を閉じ、領域内に敵が間合いに入る瞬間を待つ。

《杖術　太刀の型　紫電》

簡単に言うと、雷のような速さで振り抜くだけの技だが、この世界では少しだけアレンジしてみた。本当に雷属性の魔法を纏わせて、雷撃のような一撃に昇華させたのだ。まぁ、子供の体ゆえに限界があるから魔力を纏わせたっていうのが本音だな。

「手応え……あれ？」

　確実に首を落としたと思ったのだが、少し浅かったか？　まだ、この体の大きさに慣れきれていないのが要因だな。もっと鍛錬が必要だな。

　それでも、かなりダメージは与えられたみたいだ。明らかにさっきより動きが鈍い。残るのはグレイウルフ2体と手負いのブラックウルフのみ。

「まぁ、今の俺はこんなもんかな。時間はちょっと早いけど今日はここまでにしておくか」

　アクアランスを10本展開して放つ。避けようと努力したみたいだけど、一瞬にして戦闘が終了してドロップアイテムが出て来た。

「これは……外套？　黒くて見た目もかっこいいし俺好みだ。あとはこの宝箱だけど……」

　中を開けると、見覚えのある小さな巾着袋が目に入る。

　……嫌な予感がビンビンする。

　そーっと巾着袋を開ける。もちろん中には見覚えのある物が入っていた。

「また種か。いや、いいんだけどさ。俺は農家だから……けどさぁ」

　モヤモヤするが仕方ない……。モチベーション的にも今日はこの辺にしておくか。

　ゲートキーパーの階には転移結晶と呼ばれる物があるので、それで移動できるみたいだ。帰り際に6階層に戻ってクインを探していると、クインがフラフラと飛んで来た。……それも、グラスビーをたくさん引き連れて。

ええっと……？　クイン、なんで魔物引き連れて来たの……。

念には念をということで、アクアランスをたくさん展開させたが、クインが慌てている。グラスビーを守ろうとしているように見える。

「クイン、そいつらどうしたんだ？」

ふるふるふるふるふる‼

うん、焦っているクインも可愛い。じゃなくて、もしかして配下にでもしたのかな？　忘れがちだけど、あんなに可愛いクインはジェノサイドビーの女王蜂だからな。

「クイン、今日のところはもう帰るよ。また連れて来てあげるからね」

ふるふる！

配下にしたであろうグラスビーたちに何か指示したかと思ったら、蜘蛛の子を散らすようにいなくなった。いったい何を言ったのか気になるな。

クインを亜空間に回収して転移結晶で地上へと戻ると、例の衛兵さんがこちらに気づいて走って来てくれた。時間的にも余裕はあるし、公爵家には問題なく帰れそうだ。

「坊ちゃん、迷宮はどうだった？　まぁ、２階層くらいには行けたかい？」

「そうですね、草原はとても気持ちよかったです」

「そうかそうか！　まぁ、また次……え？　は、ははは。冗談が上手だな」

ま、信じてもらえないのは当たり前か。俺はまだ10歳だし。ここでこれ以上言っても仕方ないか。っと、もう着いたのか。15分くらいしか歩いてないけど、意外と公爵家は近かったみたいだ。

「ありがとう、衛兵さん！」

「おうよ、執事の爺さんによろしくな～」

公爵家に入るとアルバスさんが迎えてくれた。

「ほっほっほ、どうでしたかな？」

「うん、まぁまぁかな？　次は行くなら数日かけて行けるとこまで行ってみたいです」

「それはそれは。楽しかったなら良かったです。また、連れて行ってあげますぞ。そろそろ夕食の時間です。先にお風呂で汗を流してきてはいかがですかな？」

体を見ると確かに少し汚い。風呂に入って上がると、新しい服が用意されていたので遠慮なく着させてもらった。さすがは公爵家が用意してくれただけあって、着心地も最高品質である。全くゴワゴワしていない。

夜ご飯もかなり豪華な物が出て来たので、食べ過ぎてしまった。当たり前だが、やっぱり料理長の料理は美味しい。

次の日、念願の食材がやっと届いた。とは言っても量はそこまで多くない。これで考えていた料理を試作してみて、メイドさんたちが嬉しそうに食べればひとまずは問題なしかな？

まずはイタリアンだ。

パスタは事前に作ってある物があるし、問題はソースだ。やりやすいのは、カルボナーラとボロネーゼかな？　生クリームはお菓子作りをするときに用意した物を使えば良いし、ベーコンもたっぷりとある。牛乳も卵も新鮮な物があるからカルボナーラは簡単に作れる。誕生日当日までには麺の種類をいろいろ用意してみよう。リングイネ、フェットチーネ、ヴェルミチェッリ、パッパルデッレくらいしか覚えていないけどね。あとはマカロニとかペンネも作りたい。

カルボナーラとボロネーゼを作ってメイドさんと料理長に試食してもらったけど、反応は悪くなさそうだ。

「師匠～‼　なんですかこのコク！　濃厚なソース！　美味い、美味いです～‼」

……うん。全く問題ないみたいだ。

ピザも案の定、好評だった。……しかし、問題もある。ピザは時間が経てば硬くなってしまうため、あまり立食形式には向いていないという理由で却下となった。

その後も中華、洋食と試してみたけどどれも好評で、料理長は俺を神のような扱いをしてくるのがちょっと面倒になりつつある。そして、メイドさんたちがやたらと誘惑というかアピールしてくる。嬉しいには嬉しいけど、やっぱり困りものだ。

「よし、お菓子もご飯もいい感じだ。料理長、今見せた料理の作り方を記したこれを渡しておくから、覚えておいて！　料理自体の仕込みは前日からやるからお手伝いよろしく！」

「任せてください、師匠！　他の料理人にも下拵えは手伝わせますんで！」

別に師匠ではないのだが、もうその呼び名で定着してしまった。

「うん、頼むよ！　じゃ、おやすみ～！」

部屋に戻ったら、杖術の型の練習。まだ体が出来上がってなくて、うまくできない型が多いけど基本的なやつならできる。あとは自分の体にもっと慣れることだろう。

　結局、寝たのは深夜を過ぎたころだった。時間にして深夜3時くらいか？　我ながらよくやるもんだ。

　でも、料理を作ってみて思ったがやっぱり俺の料理は、というか前の世界の料理はこの世界では新しすぎるのかもしれない。……なぜか、嫌な予感がするし、打てる手は打っといたほうがいいかもしれない。備えあれば憂いなしだ。

　幸いまだ時間はあるし金もある。誕生日パーティーには参加する必要ないみたいだし、料理を作ったのは俺だとバレないようにしてもらう契約だ。だとしても、おそらく情報はいつか絶対バレると思っておいたほうが賢明だろう。

　ケーキはさっき作ったのは全部メイドたちに食べられてしまったし、また作らないといけない。明日また作ってストックしておかなきゃ。あとは、準備したら街をいろいろ見て回ろう。

　……あぁ、さすがにこの歳だと睡魔には勝てないや。おやすみなさい。

ep.5 念願のマイホーム

時は流れて、アリスの誕生日まで2日に迫った。パーティーに出す料理も決まっているし、あとは自由時間だ。

公爵家の人たちは誕生日の準備で忙しいのか、あまり会うことはない。唯一会うのは朝食と夕食のときくらいだろう。そのご飯時も忙しなく食べて、すぐに席を外している。思いのほか貴族というのも大変なことが多いみたいだ。

そして、今日やることは決めている。アルバスさんには言ってあるから完全に秘密というわけではないが、内密に動かないといけないから今日は一応、王都内を見て回るということになっている。何をするかというと――――。

「ここが不動産屋か。すみませーん、家を借りたいんですけど！」

「はいはい、家を……ってなんだ、坊主1人か？」

「うん、2LDKくらいでいい家ってないかな？　ルイーナ魔術学院に近いとなおいいんだけど」

「あのなぁ、お前みたいなガキに貸すような家は……!?」

懐からそっとアルバスさんが渡してくれた書類を出して渡すと、わかりやすく態度が変わった。

やはり、どこの世界も権力は偉大ということか。

結局のところ、公爵家のおかげでなんとかなった。いささか不本意ではあるけど、今日のところは甘んじて受け入れさせてもらおう。

「ええっと、坊っちゃま。家ですが良さげなところが3軒ありますがいかがいたしましょう？」

わかりやすく揉み手でにじり寄って来る商人は、本当にわかりやすい。結局は金の力ということか……。

「全部見せてもらうことはできる？」

「もちろんでございます！　それでは比較的近いところからご案内いたしましょう」

商人に案内されたのはどれも一軒家で、全部がそれなりに条件の良さそうな家だった。

・1軒目
見た目はごく普通の一軒家で、小さいけど庭付き。井戸はなし。2階建ての2LDK。ルイーナ魔術学院までは歩いて20分。賃貸月額金貨20枚。売却額↓金貨4800枚。
・2軒目
家というよりは屋敷、小規模の畑が作れる程度の庭。井戸もある上に3階建て6LDK。ルイーナ魔術学院までは歩いて45分とやや遠い。賃貸月額金貨130枚。売却額↓金貨3万2000枚。
・3軒目
見た目は少し豪華な家、庭もそこそこで井戸もある。間取りは2階建て4LDKでルイーナ魔

術学院まで徒歩20分。賃貸月額金額45枚。売却額→金貨9000枚。

という感じだ。ルイーナ魔術学院に受かったとして3年住むことを考えると、買うのは金の無駄遣いのような気もするが、アルバスさんがせっかく手を回してくれたおかげか、めちゃくちゃいい物件ばかりな気がする。

さすがに2軒目は買えないな。俺の所持金貨はたしか金貨1万8000枚だから、2軒目以外は買えるか。母さんには黙っていたけど、実はもうかなり稼いでいたのだ。

学費や食費、その他雑費を考えても3軒目が一番コスパが良い。

3軒目のいいところは、リビングが25畳くらいあるから、夢だったバカでかいコの字型のソファーが置けることだよな。

……買っちゃおうかなぁ、家。お金はあるし、この歳にして夢のマイホームっていうのも悪くない。問題があるとすれば、ここは王都だから永住するわけでもないってことか。

うーん。……というか地球と違って一回買っちゃえば、追加で税金みたいなのはかからないらしいし、資産になると思うとそこまで邪魔になったりはしない。

「決めた、3軒目を買うよ」

「はい3軒目を賃貸で……は？　借りるのではなく、買うというと、金貨9000枚ですが……？」

もちろん金貨で現金一括ニコニコ払いだ。山のような金貨をバッグから出したように見せかけて収納から取り出す。

「ひぇ⁉　あ、ありがとうございます！　清掃等は済んでおりますので、住もうと思ったら今日からでも大丈夫でございます！　ただ、家具はありませんのでそれだけはご了承ください」

「わかった。ついでにオススメの家具屋さんがあれば教えてよ」

「もちろんでございます！　懇意にしている商会がありますので、そちらへの紹介状を書きましょう！」

これで家具もなんとかなりそうだ。部屋は広いけど何もないでは寂しいしね。

不動産を紹介してくれた商人の案内で連れてきてもらったが、かなり大きな商会だった。主力商品として家具を扱っているだけあって、かなりいろいろな種類の家具がある。

家具屋では紹介状のおかげで、すんなりとほしい物が買えた。あの不動産屋がなんて書いたか知らないけど、紹介状を見た瞬間家具屋がもの凄く驚いていたので、ろくなことは書かれていないだろう。

本当は公爵家とは大した繋がりがあるわけでもないというのに……。

ともかく無事にベッド2つとキャビネット、テーブルやイス、バカでかいソファー等、最低限の家具を購入した。

もちろん、ソファーはコの字型で何かの革製の一際立派なやつだ。お値段金貨50枚。

ベッドはクイーンサイズとキングサイズを1つずつ。それぞれ金貨20枚と30枚。布団は最高級なやつを2セットで金貨35枚。

テーブルとイス×6は魔物のトレント製で全部で金貨60枚。

その他諸々合わせて、合計金貨３００枚で家具や生活雑貨を購入した。多分だけど端数はサービスしてくれたらしい。

家に無料で届けてくれるそうなので、アフターサービスも悪くない。収納に入れても良いんだけど、能力をこんなところでひけらかす必要性もない。

家具が届けられるまでまだ時間があるので、近くにあった商店で食料品や服屋で買い物をした。さすが王都と言うだけあって、物価は高いけど服がお洒落だ。あまりゴワゴワしていないし。上下5セットと下着を10着ほど買い込ませてもらった。珍しい食材もあってついつい散財してしまう。俺も王都に来て少しは浮かれているのかもしれない。

買い物を終えて家で待つこと、約2時間で家具が搬入されて来たが、なんとなく家の中には入れたくない。仕方ないけど庭に置いて帰ってもらおうかな。

なぜ庭に置くのかと不思議がられたが、他人を家に入れたくないなんて言えるはずもなく……。

ひとまずにっこりと笑ってその場をなんとかした。愛想笑いって、この世界でも有効なんだな。

「よっと、収納と身体強化は万能だな」

収納に入れて運び、身体強化を使って楽々と家具を設置してレイアウトを整える。

「こんな感じかな？　うーん、なんか殺風景な感じがするけど、何が足りないんだ……？」

わかった、敷物だ。フローリングが剥き出しになっているから違和感があるんだ。絨毯や毛皮なんかを敷けばもっと格好良くなる気がする。

家具屋に絨毯はなかったし、もしかしたら敷物系は家具という扱いじゃないのかもしれない。あとでアルバスさんに聞いてみればわかるか。

とりあえず、アザレ霊山の麓の森で狩った隠密熊《ハイドベア》——※本当は暗殺熊《アサシングリズリー》——の毛皮でも敷いておけばいいか。迫力だけはあるし。

……我ながらかっこいい家になってきたんじゃないか？　ツリーディアの頭の剥製とかを壁に飾ってもいいかもしれないけど、それはまた今度だ。

そういえばもうすぐで冬になるし、寒さ対策も考えたほうがいいかもしれない。一応魔法で暖かくすることはできるけど、元日本人としては風情を大事にしたいという気持ちもある。

暖がとれて風情のある寒さ対策と言えば……薪ストーブか。

薪はオーネン村にいたころにたくさん作ってあるから、あとは薪ストーブ本体がほしいところだけど……さすがに、鍛冶は守備範囲外である。

「んー、餅は餅屋か」

さっきの不動産屋を訪れて、腕のいい鍛冶屋がないか聞いてみると、一軒心当たりがあると言うので紹介してもらったのだが……。

「ほんとうに大丈夫なんだろうなぁ……」

店の外観は見るからにボロボロ、それに言われなきゃここが鍛冶屋だなんて気づかないぞ。

「すみませーん、誰かいますかー？」

……。返事がない。

あれ、誰もいないのか？

「すみませーん‼　誰かいますかー‼」

「うるっさーい！　そこまで叫ばんでも聞こえとるわ！」

現れたのは、背が小さいが筋骨隆々で力強そうなおじさん。きっとドワーフという種族だろう。

「不動産屋さんに紹介してもらって来たんですが」

「ほう、あいつにか。ってことは、金は持っとるようだの。で、何が欲しいんだ？　稽古用の剣か？　それとも初心者用の短剣か？」

「いえ、冬用の薪ストーブがほしいんです」

「すとーぶ？　なんなのだ、それは？」

そうか、この世界にはストーブはないのか。確かに我が家にも囲炉裏のような火を囲う程度の物しかなかった。公爵家にも暖炉はあったけどそれだけだった。

「実は、かくかくしかじかという構造で、ほにゃほにゃという感じの物なんです」

「ほう……興味深いの。ふむ、材料は鉄だといささか不安か。少々割高でも構わんのか？」

こんなんで通じるなんて異世界って最高だな。表現するのが面倒なときにはもってこいじゃないか。

「そうですね、技術料抜きで金貨１００枚くらいであれば大丈夫です」

「はっ、なかなかに金払いがいいのは嫌いじゃないぞ。よし、ではグランツ鉱石を使おうかの」

「グランツ鉱石？」

「グランツ鉱石ってのは、王都の北にあるグランツ火山から取れる鉱石のことで、火に強く硬度もそれなりにあるのが特徴な石だ。そのすとーぶっちゅうのにはおあつらえ向きだろ」

「そうなんですか。けっこう高いんですか？」

「ひと昔前はかなり高くてなかなか手が出るような代物じゃなかったんだが、近ころだとなぜかそこそこ流通しておるから、値段もそれなりってとこかの」

「そうなんですね。どれくらいでできそうですか？」

「1回鉄で作ってみて問題なく作れれば、そのまま製作してしまうから、まぁ3日ってとこかの。金はそんときでいい」

「わかりました、えっと……」

「おっと、自己紹介がまだだったの。儂の名前はガルヴァンスだ。ガルでいいぞ」

「俺の名前はアウルです。よろしくお願いします」

3日後に取りに来ることを約束して、鍛冶屋を出る。無事にストーブを作る段取りもついたし、温かで風情のある冬を過ごせそうだ。

その後は、時間が中途半端に余ったので、散策がてら市場でいろいろな食材を大量に買い込んではバレないように収納するを繰り返して、金貨20枚分くらいは買ってしまった。

そのまま流れで雑貨屋を物色していると、日本にもあった狐のお面が売ってあったので、懐かしくてついつい買ってしまった。

子どものころはお面を被ってお祭りに参加してたなぁ。そういや、王都にもお祭りとかってあるのか？　あるんだったら出てみたい。というかぜひ出たい。余裕があれば出店もしてみたい。

「あ、レブラント商会。ここにあったんだ……って、大通りに面しているんだけど」

こんな大通りに店を構えられるということは相当儲かっているみたいだ。久しぶりに会いたいな。少し話しておきたいこともあるし。

「レブラントさん、いますか～？」

店の中を確認してみたら、ちょうどレブラントさんが店の中にいた。

「アウル君、久しぶりだね！　そうか、王都に来たんだね。それで、今日はどうしたのかな？」

「実はひとつお願いがあって……」

「アウル君のお願いなら何でも聞くよ」

「実は――――」

レブラントさんと話していたらいい時間になったので、公爵家に帰ると誕生日用の食材が到着しており、冷蔵用の魔道具の中に運び込まれている最中だった。今思うと、当たり前のように冷蔵用の魔道具を所持している公爵家はさすがだ。というか、どこで買えるんだろうか。俺もほしいな。

念のために食材を確認させてもらうと、採れたてかと思えるほどに鮮度が抜群で、どれもこれも美味しそうな物ばかりだった。

これだけの食材を扱えるなど、腕の振るい甲斐があるってもんだ。アリスも喜んでくれるといいんだけど。

次の日は早朝から、公爵家の料理人たちと共に食材の下拵えをして、先んじて作れる物は全て作った。前菜に至ってはすぐに出せるようになっているし、メインもあと焼くだけの状態にしてある。だけど、ここまでやっても不安は尽きない。俺はこういう大きい場所での料理の経験はない。不測の事態というのは起こってもおかしくはない。いや、起こって然るべきと言ってもいい。

明日が楽しみだな。

◆◆◆

普通の人間であれば寝静まっているであろう時間。公爵家の周りには黒ずくめの人間が集まっていた。

「おい、準備は完璧か？」

「へい、問題ありません」

「では行くぞ。ぬかるなよ」

波乱の予感は誰にも気づかれることなく公爵家へと近寄り、そして誕生日パーティー当日を迎えた。

ep.6 誕生日パーティー

待ちに待った誕生日パーティー当日。天気は少しどんよりとしていて、今にも空が泣き出しそうだった。まるで、天気がアリスの誕生日を祝いたくないと、そう言っているようだった。

しかし、アダムズ公爵家ではそんなことを気にしている余裕のある人は1人もおらず、皆が皆誕生日パーティーをなんとか成功させようと躍起になっている。

　そして、なぜそこまで躍起になっているかを説明するためには、今日の朝まで時間を遡る必要がある。


　うーん、緊張していたのか、いつもよりもさらに朝早く起きてしまった……。時間はたぶん朝の4時くらいだろうか。もう一回寝たらさすがに寝坊しそうだし、起きるか。

　いつもの日課である鍛錬をやや長めにやり、何気なく食堂方面に向かうと、なんだか騒がしい声が聞こえてくる。

「あ、クックルさん、おはよう。今日はいつにも増して朝早いね！　みんなバタバタしてるみたいだけど、何かあったの？」

「あ！　師匠！　そ、それが昨日みんなで下拵えしたパーティー用の料理が！　ちょっとマズイです！」

おかしいな？　昨日味見したらかなり美味しかったと思うけど、もしかして傷んでしまったのか？

「そ、そんなに不味いの？」

「かなり、マズイです！　これではパーティーになりません！　もう一度作ろうにも時間も材料もなくて……！」

そこまで不味いと言われると、悲しくなるな……。仕方ない、今日を無事に乗り切ろうと楽をした俺が悪いのかもしれない。いや、でも事前に下拵えするのは別に変じゃないよな。

「材料に関しては俺がなんとかするから、とりあえず状況を教えて？」

「詳しい話は私からさせていただきます」

声がした方向を見やると、いつものごとくアルバスさんが立っていた。この人どうやって俺の気配察知を掻い潜っているんだろうか？

「実は、昨夜この屋敷に賊が侵入したようなのです。腕利きの見張りが全部で10人いたのですが、いずれも眠らされていました。何を考えたのかはわかりませんが、下拵えしてある料理が全てグチャグチャにされていたのです」

あ、不味いじゃなくてマズイか。俺の料理が不味いんじゃなくて、ちょっとホッとしたよ。

……って、安心してる場合じゃないじゃん‼

「他に何か被害はあるんですか⁈」

「ドアが1つ外された形跡がありましたが、目立った被害は料理だけですね。あとは、皿やコップなどの食器がやられました。無事なのはいくつもありません……」

致命的じゃないか！　料理も駄目。食器も駄目。残るは飲み物だけど、大丈夫なのか？

「お酒などの飲み物は無事ですか？」

「‼　ただいま確認して参ります」

アルバスさんは5分くらいで戻ってきたが、顔色が真っ青なのを見る限り絶望的なんだろう。

「酒類も全てやられておりました……」

アダムズ公爵家は大貴族であり、その息女の10歳を迎えた節目の誕生日。遠くの貴族も参加する大々的な誕生日パーティーになるはずだったのだ。

それなのにもかかわらず、料理も酒もないとなると、大恥をかく程度の話ではないというのは平民の俺ですらわかる。

……なんだか、嫌な予感がするな。

「アルバスさん、確認ですけど犯人の目星はついているのですか？」

「……私見ですが、外からの賊の他に内にもいたようなのです。現に、誕生日の手伝いとして雇ったメイドが1人、朝から姿が見えないと報告が上がっております」

これはまたすごいことになってきたぞ……。確実に誰かが裏で手を引いているのは間違いない。

しかし、今はそんなことを言っている場合でもない。

誕生日パーティーは12時から開始される。今は朝の6時過ぎ。参加人数は５００人を超えていたはず。

「ギリギリだな……」

アリスの誕生日パーティーを成功させるのが優先だ。

「アルバスさん！　今から言う品を、すぐに買ってきてください！」

「かしこまりました」

足りない食材については俺の収納から出せば、なんとか足りるだろう。肉もまだ大量にあるし、野菜もある。牛乳と卵は俺も個人用くらいにしかストックがないから買ってもらうとして。あとは、食器と酒か。

「じゃあ、アルバスさんは牛乳と卵、食器、酒を頼みます！　食材に関しては俺のほうでなんとかします！　なんとか、1時間以内に集めてきてください！」

これで無事に集まればいいが、俺の勘が正しければおそらく……。

悩んでもしょうがない。とにかく、料理をなんとかしなきゃ。

「料理長！　レシピは頭に入っているね⁉」

「もちろんです！　お前らも問題ないな⁉」

「「「はい‼」」」

「やるぞ‼」

そこからの巻き返しは凄かった。料理人たちがもの凄い凄いスピードで食材を切って準備してくれる。技術だけで言えば俺なんか足元にも及ばないくらいにすごい。さすがは公爵家の料理人たちだ。

俺と料理長はそこからさらに手を加えて、ハンバーグやニョッキなどの手のかかる物を準備していく。

……だけど、駄目だ。いいペースだがこれでは間に合わない。

料理人はたくさんいる。温かな料理を出すためにお湯を張った容器の上に皿を置いて済ませようと思っていたが、このままでは絶対に間に合わない。

何か良い方法はないか？　何か、この状況を打破できる妙案は……。

ここでふと目に入ったのは、調理場の隅っこに埃をかぶっている大きな鉄板。

これだ‼　ライブクッキングだ！

ちなみに、ライブクッキングとは客の目の前で料理を作っていく提供スタイルで、出来立てが食べられる上に見ていて楽しいというものだ。

「料理長！　このままじゃ何品か間に合わない！　ハンバーグとローストビーフ、ついでに追加でステーキを俺が会場で焼くから、それ以外の準備頼む！」

「か、会場でですか⁈」

「新しい形の料理を見せてやる！」

そうとなればやることは多い。会場の準備は着々と進んでいるが、そこを無理言って一部場所を借りた。

鉄板は、さっき見つけたのでなんとかなる。火元についても土魔法で作った土台を庭から持ってきた。

肉についても、熟成したものがたくさんある。勿体ないけど、オークナイトの肉も少し出すか。ステーキソースは前作った焼き鳥のタレに、微塵切りにした玉ねぎがたっぷり入った物を軽く火を入れてもらうように料理長に頼んである。

残り4時間だ。そろそろアルバスさんが帰ってきてくれないと間に合わないんだが、遅いな。

悩んでいるとアルバスさん含む執事の人たちが帰ってきた。しかし、手に持っている物資が足りない気がする。やはり予測した事態が起こってしまったか。

「アウル殿、牛乳と卵については問題なく集まりました。しかし……」

生物である卵と牛乳はその日に手に入る物だから、そりゃあ集まるよな。

「食器と酒が誰かに買い占められていて集まらなかった、とか？」

「その通りでございます……」

くそっ……やっぱり……。となると、おそらく王都ですぐには酒も食器も手に入らないだろうな……。普通であれば。

「ちなみに、誰が買い占めたのかはわかりましたか？」

「はい、買い占めたのはフィレル伯爵家と懇意にしているサギーシ商会でした。あと市場を回って分かったのですが、どうやら昨日と今日で、その商会は食料も大量に買い付けているようなのです」

フィレル伯爵家……？　あ、オーネン村に来た次男の家じゃないか。でも、なんでまた？

……そう言えば、ミュール夫人以外にもアルバスさんがいろいろと報告してくれたと言っていた。そして、俺のクッキーを横取りしようとしていたフィレル伯爵家。

もしかして、フィレル伯爵家はアダムズ公爵家にクッキーを横取りされたと思っている……？

次男と執事が失態をさらされた上に、クッキーまでもが横取りされたと思い込んでいるとすると辻褄が合う。

もし、俺の推測が合っていれば、おそらくそろそろコンタクトがありそうなものだが。

「執事長！　サギーシ商会と名乗る商人が、緊急の話があると面会を求めています！　いかがしますか！」

噂をすればばってことね。

「アルバスさん、時間はありませんがとりあえず話を聞いてみましょう」

「かしこまりました」

応接室に行くと、いかにも悪巧みしてそうな顔をしている商人がニヤニヤしながら待っていた。

「これはこれは執事長殿。忙しいときに申し訳ない。今日はアリスラート様の誕生日パーティーだというのに、料理もなければ食器も酒もないと小耳に挟みましてね？　ちょうど昨日から今日にかけて大量に食材と食器、酒等を買い込んでいた物ですから、御用があればと思いまして参った次第です」

これで決まりだな。犯人はこいつらとそのバックにいるフィレル伯爵家だろう。

ちらりとアルバスさんを見ると、唇を噛んでいるせいか薄らと血が滲んでいる。

……はぁ、仕方ないな。あまり使いたくなかったが、俺のとっておきを出すか。

アルバスさんに小声で断るように伝えると、驚いていたがすぐに何かを決意したかのような顔になった。

「はて、なんのことでしょうな？　準備は万事順調に進んでおります。他に用事がないのであれば、こちらも忙しいので今日のところはお帰りを」

「……後悔しますぞ。よろしいのですか？」

「お引き取りを」

アルバスさんが冷たくあしらうと、舌打ちをしながら帰っていった。

◆◆◆

執事長のアルバスに追い返されたサギーシ商会の商人はフィレル伯爵家の屋敷を訪れていた。

「伯爵様！　話が違うじゃないですか！　アダムズ公爵家の料理、食器、酒は全て駄目になっていると聞いたから昨日から大量に買い込んだんですよ⁉　どうしてくれるんです⁈」

「なに？　それはおかしい。確実にうちの暗部が昨日全てを駄目にしてあるはずだ。大方、強がったのであろうよ。もう少し公爵家の近くで待機してみるといい」

「ほんとですね？　頼みますよ、伯爵様……」

◆◆◆

「アウル殿、さっきは帰してしまいましたが何か案はあるのですか?」

「ええ、実は俺が懇意にしているレブラント商会に事前にお願いしておいたのです。何か起こるかもしれないので、食器や食料品、酒類を用意しておいてほしいと。お金は俺のほうで一旦出していますので、あとで全部清算させてもらいますね。あと、とっておきとして、俺が作ったワインも少量ながら卸します」

「それはもちろんですが、アウル殿はお酒を飲める歳ではないのに酒造りをしていたので?」

あっ……。確かにそうだ。参ったな。

「あ、あはは。とにかく準備しましょう、アルバスさん!」

「ほっほっほ、アウル殿は面白いお方だ」

「執事長! 次はレブラント商会と名乗る商人が面会を求めています!」

ちょうどいいタイミングでレブラント商会から商品が届いた。少し遅れたのは、用意に時間がかかったからだそうだ。さすがにお願いするのが直前過ぎたからな。それでも、対応してくれたレブラントさんには本当に頭が上がらない。

酒や食器、残りの食材を実際にアルバスさんに見せると、心底驚いていた。

「まさか、こうなることを見越して……?」

「念には念を、ですよ。もし不要だったら俺が買っていただけですので」

ワインに関しては葡萄を作って自作していた。美味しくなれと願いながら魔力を込めた水をあげた結果、とんでもないほど美味しい葡萄ができたのはいい思い出だな。そんな葡萄で作ったワインが美味しくないわけがない。作ってから数年しか経っていないが、それなりの代物に仕上がっているので、グルメな貴族でも満足すると考えている。俺の父は大絶賛していたしね。

……まぁ、まだ俺は飲んでないので確証はないが。少なくともアルバスさんは美味しいと言ってくれた。

その後も準備は進み、なんとか誕生日パーティーには間に合うことができた。しかし、問題が1つあることに気づいた。

「素顔バレるじゃん」

俺がライブクッキングやるのはいいとして、素顔が他貴族に露呈してしまうということだ。どうする⁉　料理長に替わってもらうか？　いや、駄目だ。料理長は追加の料理の準備や指揮を取らねばならないし。

……あっ。昨日買ったお面があるじゃないか。

収納から狐のお面を取り出して装着する。アルバスさんに事情を説明して、流れの料理人を雇ったことにしてもらった。顔出しはしないことを条件でという設定ならいけるだろう。いや、これが駄目なら打つ手なしなんだけどさ。

誕生日パーティーが始まるまで残り30分くらい。もうすでに数百組の貴族様が到着してホールで談笑している。来ているのはまだ下級貴族と言われる方たちらしい。貴族にも来る順番があるとは面倒臭い世界だ。

念のために気配察知と空間把握を展開すると、さっき訪ねて来たサギーシ商会の人たちが近くにたむろしているのがわかる。

……‼　これはもしかしたら儲かるかもしれないぞ。

まだ開宴まで時間があったので、お面をかぶったままサギーシ商会に近寄って様子を窺うと、案の定焦っていた。大方、大量の在庫を抱えてしまったために、それをどうするか悩んでいるのだろう。

「その不良在庫、良かったら俺が買い取ろうか？」

「お、お前は誰だ‼」

「誰でもいいじゃないか。そのままだとどんどん食材は駄目になるだろうなぁ。それに酒は売れるとしてもその量の食材と食器は売れないだろうな。今なら金貨１００枚で全部買ってやろう」

「はっ、足元見やがって。お前みたいな怪しいお面つけたやつに売るわけないだろ。それにこれは全部で金貨３万枚はしているんだぞ？　そんなことできるわけ――」

「ほーう。それとも不良在庫を抱えて伯爵様に泣きつくか？　どうせ、伯爵様はお前が勝手に買ったんだ！　とか言って知らんふりだろうな」

「くっ……。金貨１万枚だったら……」

ふむ、念のためさりげなくカマをかけて見たが、やはりフィレル伯爵家が黒幕で間違い無さそうだな。

「金貨200枚」

「……5000枚だ」

「300枚」

「2500枚……」

「……そろそろ諦めたらどうだ？　お前は負けたんだ」

「……くそ、300枚でいい。ちくしょう……なんでこんな目に……」

「わかった、それでいい。ほら、金貨300枚だ」

サギーシ商会は金を受け取ると、蜘蛛の子を散らしたように逃げて行った。それにしても、食材はまだまだ新鮮だし、半分近くは調理してあるようだ。味見をして見たが、一応は公爵家のパーティーに通用するようにしてあるのか、どれも本格的で全部美味しかった。

ひとまず全てを収納して、時間もないので会場へと戻る。

会場に戻ると、ちょうど始まる時間ギリギリだったらしく、会場は暗くなっていた。

「今夜の主役である、アリスラート様のご登場です」

出てきたのは真紅のドレスに身を包み、一層大人びたアリスだった。まるで別人と勘違いしてしまいそうなほど可愛かった。

「俺もやることをやらねば……」

料理はすでに運ばれているが、メインはほとんどない。ここからが俺の役目だ。鉄板は良い感じに温まっている。熟成したステーキ肉を乗せ、そこに度数の高い酒を一気にかけて火を付ける。業火と共に参加者たちの視線を惹き付けてしまった。悪いなアリス、今だけは俺のほうが視線を集めてしまったみたいだ。

良い匂いとともにステーキが焼ける軽快な音が会場に広がる。その音と匂いだけで食欲が刺激されるのか、参加者たちの口元には、薄らと潤いが見てとれる。

アリスへの挨拶もそこそこに、貴族たちは一斉にライブクッキングをしている鉄板の周りに群らがってきた。

「ステーキ1皿くれ！」「こっちもだ！」「私もよ！」「俺は3皿だ！」

不安なことも多かったが、蓋を開いてみれば大成功と言って良いだろう。目新しさがあったからかもしれないが。アリスも途中でライブクッキングを見に来ていたのでこっそりお面を外して挨拶したら、ややふて腐れた顔をしている。俺が注目を集めてしまったからかもしれないな。それでも、にこりと笑いかけてくれたので、満足してくれたのだろう。

……それにしてもアリスのドレス姿は本当に可愛かった。一瞬ドキッとしてしまったのは内緒だ。

先程からワインばかりが頼まれているように見えるが、どこでこれを入手したのかと、メイドたちがいろいろな貴族に聞かれていた。しかし、入手経路を知っているのはアルバスさんだけなので、俺だとバレる恐れは微塵もない。……え、ないよね？

パーティーも中盤に差し掛かり、デザートが出始めたのだが、実は収納していたデザート類をたが、収納にたくさん作っていたおかげで事なきを得たのだ。やはり、備えあれば憂い無し、ってことだな。

予想以上に反響がすごく、あっという間になくなるのでどんどん出したせいで、大量にあった俺のお菓子は全てなくなってしまった。本当にギリギリだった……。

問題となったのは、誕生日最大の目玉であるアリスの誕生日ケーキだ。アリスの誕生日ケーキも漏れなくぐちゃぐちゃにされていた。たった6時間程度では作りきれるような代物ではなかったのだが、実は試作していたケーキが余っていたのでそれを活用したのだ。結果的には当初想定していた物よりも若干小さくなってしまったが、それでもその綺麗さと美味しさにアリスが感動のあまりに泣いていた。

美少女の泣き顔ってのも悪くないな……。

「アウル、本当にありがとう。とっても美味しいわ！」

実はアリスはいろいろと問題があったことを知らされていない。全てが終わったら知らされるかもしれないが、まだ今知る必要はないだろう。

「気に入ってくれて良かったよ」

「アウルさえ良ければ、今後も私の――いや、今話す内容ではないわね」

アリスが何を言おうとしたかはわかるけど、残念ながら俺にそのつもりはない。最初に明言した通り、こんなことをするのは最初で最後だ。仕方なかったとはいえ、かなり目立ってしまったしね。

パーティーの途中、公爵家主催の誕生日パーティーだというのに騒いでいる貴族がいたが、聞くところによると、あれがフィレル伯爵らしい。何を言っているかは聞こえなかったが、ひどい言いがかりを言っていたらしく、居心地が悪くなったのか途中で退席していった。

その後は何事もなくパーティーが終わり、後片付けをしているとアルバスさんが近寄って来た。

「アウル殿、今日はお疲れ様でした。片付けは私どもでやりますので、少々お部屋でお待ちください。後ほど私が伺いますので、そうしましたら報酬の話をいたしましょう。旦那様から報酬に関しては一任されておりますので、私が担当させていただきます」

「わかりました。ではまた後で」

部屋でうとうとしながらも魔力の鍛錬をしていると、部屋の扉がノックされた。

「失礼します」

「アルバスさん、どうぞこっちへ」

「では、さっそくですが報酬の話を。と思ったのですが、１つ確認をよろしいですかな？」

アルバスさんの顔がちょっとだけ笑っているように見えるのは、おそらく気のせいではない。

「なんですか？」

「ほっほっほ、不良在庫をたくさん抱えていたはずのサギーシ商会ですが、お面をかぶった男に在庫を全部売ったらしいのですよ。何か知っていますかな？」

「いえ、そんな狐のお面なんて知りませんねぇ」

「ほっほっほ、狐のお面なんて知りませんでしたか。それは失礼しました」

「いえ、気にしないでください」

今の会話の要約はこうだ。

『サギーシ商会から在庫を買ったんですか？』

『はい、買いましたよ』

『安く買い叩いたようですね。私もアウル殿のおかげで誕生日パーティーが成功できました』

『安くたくさんの物資が入ったのでホクホクです』

という感じだ。

「さて報酬ですが、正直アウル殿からいただいた料理のレシピや酒、食器、誕生日パーティー演出の代金、全て含めるとかなりの値段になります。これくらいでいかがでしょうか？　もちろん、レシピの公表は絶対にしませんし、もし漏洩した場合は別途お金をお支払いいたします」

アルバスさんに提示された金額は白金貨３００枚。およそ3億円。

え……？　こんなにもらえるの？　いや、さすがに多いのでは？


「レシピはどれも美味しい物ばかり。今後の公爵家の食事事情は一変するでしょう。さらにはあのワインです。まだ小樽で5個ほど余っていますが、あれが本当に素晴らしい。旦那様がいたく気に入られたので、1個あたり白金貨10枚となりました。そのほかも合わせての値段となります。もちろん、諸々の迷惑料も込みでございます」

なるほど、今後もワインはちょっとでいいから売ってくれってことね。そのためにちょっと高くしておいたからってことか。……抜け目ないな、この爺さん。

「たまにでいいなら、あのワインも売りますよ」

「ほっほっほ、さすがに聡明でございますな。いつでも買わせていただきますよ」

こうして、いろいろあったが一瞬にして大金持ちになった上に、また定期的に金を稼ぐ方法を見つけてしまった。燻製式錬金術の次はワイン式錬金術の出来上がりだ。

ちなみに公爵家に泊まるのは今日で最後である。ふかふかのベッドが名残惜しいが、こればっかりは我慢だ。そのために家も買ったしね。


次の日、起きて食堂へ行くとアリスのご両親が待っており、たくさんの賛辞とお礼を言われた。

「アウル君、君には本当に助けられた。それにアリスも本当に喜んでおった。心から感謝する。もし、何かあったときは遠慮なくアダムズ公爵家を頼るといい。絶対に力になる。あと、ワインだ。あれは素晴らしいな。本当に素晴らしい」

「うふふ、昨日のデザート？　あれは本当に美味しかったわ。また、作りに来てくれると嬉しいわ。アリスは疲れて寝ているから、また遊びにいらっしゃいね」

「僕のほうこそお世話になりました。誕生日パーティーの料理も喜んでもらえて良かったです。また何か機会がありましたら、そのときはよろしくお願いいたします。アリス様にもよろしくお伝えください」

本当にいい人たちだと思う。貴族が全員この人たちのように気持ちのいい人だったらいいのに。

長いようで短かった公爵家での生活は終わりを迎え、王都のマイホームである我が家へと歩き始めた。空を見上げると、昨日のどんよりとした雲はいつの間にか晴れ、すっかり気持ちのいい青空が俺を出迎えてくれた。

ep.7
羽毛の収集

季節は冬。

どうやら王都でも雪は降るらしい。しかし、さすがに辺境ほどというわけではないのか、せいぜい5㎝積もるくらいだ。

アリスの誕生日が終わっておおよそ1週間が経過した。春まで時間はあるし、オーネン村に帰ろうかとも思ったが、冬は人が多いと食い扶持が増えるし、せっかく家も買ったので王都に残ることにした。

シアには今すぐにでも会いたいが。まだ赤ん坊なので来年のどこかでは1回帰るつもりだ。

こっちの世界『アルトリア』だと、冬の間は閑散期となるため農家は暇になる。強いて言うなら内職で籠を作るくらいしかやることはない。ある意味子育てには持ってこいの季節だ。

冒険者も上のランクの人たちは、お金に余裕があるからと働かずにずっと酒場で酒を飲んでいる人も多いという。

逆に、下のランクの冒険者は悲惨らしい。この寒い中も街中の手伝いや配達、もしくは迷宮に潜らないと、その日の食事さえ怪しいというのだ。

その点、商人は強い。雨も雪も風も雷にも負けることなく働いている。

本当に逞しい人たちだ。

かく言う俺も暇つぶしがてらに、ある物を作成中である。俺の目指すのんべんだらりとした貧乏農家生活には欠かせない物。ひとたび座れば、座った物を魅了して離さない魔性の椅子。

それは、『ロッキングチェア』だ。

あれは本当に素晴らしい。座るだけで心地よい眠気を連れてきてくれる。想像してみてほしい。一面の小麦畑を眺めながら、家の軒先で風に揺られてロッキングチェアで眠る。

まさに「のんべんだらり」だ。怠惰で無為な時間を過ごすとか、前の世界ではなかなかできなかったからな。こんな幸せを追求するのが俺の使命でもある。

木材はオーネン村にいたころに伐採した木材が大量に余っている。

総木製で作ってもいいのだが、どうせなら上を目指したい。ということで、座面にはクッション性のある物を作ろう。それも、長時間座っても苦ではないようにだ。

俺には王都にコネがないし、誕生日パーティーにいろいろと助けてもらったお礼も言いたい。

レブラントさんに会いに行くついでに、商会のなかをゆっくり見せてもらおうかな。白玉粉もなくなってきたし、誕生日会のせいで食材が底を尽きそうなので、たくさん買おう。お金はたっぷりあるしな。

「いらっしゃいませ〜、って、アウル君じゃないか。その様子だとアリスラート様の誕生日パーティーは成功したみたいだね」

「ええ、おかげ様で。レブラントさんにも少しは恩返しができましたかね」

「あぁ、本当に感謝しているよ。あれ以来、公爵家とは仲良くさせてもらっている。過去にも一度だけ商売をしたことがあったんだけど、今回をきっかけに太いパイプを作ることができた。アウル君には足を向けて寝られないよ」

「いえ、こっちも助かったので。せっかくなので、今まで卸せなかった分のベーコンや石鹸、卸しましょうか？」

「いいのかい!?　いやぁ、実は困っていたんだよ。各所から問い合わせが凄くてね！」

誕生日パーティーでベーコンはほとんど使わなかったので、レブラントさんに売れるくらいには残っている。石鹸も然りだ。

……しかし、今後も卸すことを考えたらマイホーム内に燻製小屋が必要だな。この冬の間に作っちゃえばいいか。

「そうだ、レブラントさん。この商会で綿って扱っていますか？」

「一応扱っているけど、この時期はちょうどないんだ。力になれなくてごめんね」

ふーむ、綿がないとなると……羽毛か？

白玉粉や大豆などはそれなりの量があったので、とりあえず全部買い占めておいた。

差し引き金貨80枚の儲けだった。一瞬安いなと思ったが、よくよく考えれば10歳になったばかりの子供が持っている金額じゃない。完全に金銭感覚が狂ってきているから気をつけねば。

「そういえばこの辺で、鳥系の魔物がたくさんいるところってないですか？」

「うーん、いないこともないけど、今の時期は確かいなかった気がするよ」

渡り鳥の習性でもあるのか？

「あ、そういえば『迷宮番号4』の20階層のボスが鳥系の魔物だったかな……綿の代わりに羽毛でも使うのかい？」

「う、うん。そうですけど、よくわかりましたね」

「これでもアウル君との付き合いは長いからね。それに、商人って生き物は金儲けの匂いに敏感なものなんだよ」

うむ、やはり商人というのは強《したた》かな生き物のようだ。

「アウル君。君は強いのだろうけど、十分気を付けるんだよ」

「……や、やだなぁ。俺はただの辺境農家の倅ですよ？」

「ははっ、そういうことにしておいてあげるよ。今は、ね」

レブラントさんは、俺が魔法を使えるのに気づいていそうだな。

というか俺、ベーコンとか卸すのに何も考えずに収納から出してないか？

レブラントさんにはあとでワインの小樽でもプレゼントしよう。それで黙っていてもらおう。うん、それがいい。万事問題なしだ。

図らずもまた迷宮に行くことになったけど、これでまたクインを出してあげられる。

衛兵さんも前の人を選べば問題ないだろうし、なんなら気配遮断して見えないくらいの速さで侵入すればいいか。

前回の衛兵さんがいなかったので、当たり前のように気配を消して侵入させてもらった。この成人していないと入れないという規律ってどうにかならないかな……。いや、仲間を作ってその人たちに連れて行ってもらうというのもアリか。そうなると、問題はその仲間だが……伝手がない。

ちょっと考えてみよう。

入り口直ぐのところに転移結晶があるので、10階まで転移する。

「さてさて、11階層からはどんなエリアなのかな、っと」

じわっとした空気、ぬかるむ足元、薄っすら視界を遮る霧、俺の身長と同じくらいの高さまで繁茂している水性植物。

どうやらフィールド特性は湿地のようだ。

「空間把握！　気配察知！」

……周りに人はいないが、魔物はぽつぽつといるな。迷宮の魔物に季節は関係ないってわけか。

「出ておいで、クイン」

呼んだ途端に亜空間から出てくるクイン。嬉しそうに飛び回る姿は本当に癒される。

ふるふる！

「またどこか遊びに行くか？」

ふるふる……。

ん……？　遊びたいわけではないようだ。

「それとも俺についてくるか？」

ふるふる‼

あぁ、癒しや……。今度からは家の中でも出してあげよう。ん？

「敵さんが、さっそくお出ましか」

茂みから出てきたのは、全長２ｍほどの超巨大なカエル。

全身が紫で見るからに毒々しい。こいつにはデスフロッグと名付けよう。

それにしても、魔物の名前がわからないのも不便だな。今度本屋で魔物図鑑でも探すか。

見るからに毒々しい体に近づくのもバカらしいので、風魔法で首を落とそうと考えていると、クインが俺の前に立ちはだかる。

「クインが倒してくれるのか？」

ふるふる‼

どうやら俺の代わりに倒そうとしてくれていたらしい。なんて健気で可愛いんだ君は。天使か、天使なのか。

今更だけど、クインは風魔法が使えるのか、羽に風の刃を纏わせ、羽ばたきと同時に風の刃を次々と飛ばしている。デスフロッグは為す術なくダメージを負っているが、やられてばかりではない。長く伸縮自在な舌を伸ばして攻撃を仕掛けたのだ。しかし、さすがはクイン。何事もなく舌を切り落として対処している。クインってこんなに強かったのか。

クインが30㎝なのに対し、デスフロッグは２ｍ。さすがに大きさが違いすぎる。それをクインは全く気にならないほどに強かったのだ。

闘うこと数分でデスフロッグは口から泡を吹いて死に、魔石を残して消えた。風の刃で倒したと思ったのだが、小さい刺し傷が至るところにあるところを見ると、針での攻撃も行っていたようだ。

アナフィラキシーショックってやつか？

デスフロッグの死を皮切りに、カエル系の魔物が次々と出現した。俺もクインに負けじと魔法や杖術によって敵を粉砕していく。クインもそれに合わせるように戦ってくれる。

「クイン、なかなかやるじゃないか！」

ふるふる‼

12階層では大きなオオサンショウウオのような魔物。13階層では河童と狼を足したような魔物。こいつは魔石だけじゃなくなぜか甲羅もドロップした。14階層では毒を持ったスライムだった。

「ふぅ、やっと15階層だ。クイン、ここはボスが出るけど一緒に戦うか？」

ふるふる‼

ふふ、力強い返事だな。ここまでクインもたくさんの魔物を倒して、レベルもかなり上がっているだろうし、問題ないだろう。

ボス部屋で待っていたゲートキーパーは巨大なスライムだった。それも全長10ｍはありそうなほど大きい。

「クイン、物理は効きが悪い！　魔法で攻撃するんだ！」

ふるふる！

敵もバカじゃないのか、こちらを視認してすぐに触手を伸ばして攻撃してくる。それも全部で

10本以上を同時にだ。

その巨体からは考えられないほどに早い触手捌きに、一瞬だが呆けてしまった自分がいた。

「鞭のような攻撃方法というわけね！」

クインも触手に当たらないように高速で飛行しているが、回避に手一杯でなかなか攻撃に移ることができていない。


さすがにナンバーズと呼ばれる迷宮だな。15階層でこんなに厄介な魔物が出てくるとは。

このときの俺は知らなかった。本来であればナンバーズ迷宮の中層以降に挑戦する際は、上級冒険者のパーティーを最低でも3つ集めていること。そして、最高の53階層に達したというのはここではなく、ナンバーズの中でも最も難易度の低い『迷宮番号10』だということを。

ナンバーズ迷宮の上層は10階層までと言われ、初心者でも攻略ができる程度と言われている。逆に10階層から30階層は中層と呼ばれ、難易度がぐんと上がるとされているらしい。

この『迷宮番号4』の最高到達階層は35階層で、そこのゲートキーパーが倒せていないのが現実だったと。


「クイン！　下がれ！」

サンダーレイン！

いくつもの雷が巨大スライムへと降り注ぐ。

弱点属性だったのか、みるみるうちに体積を減らして小さくなり、そしてあっという間に魔石と宝箱を残して消えた。

「ふぅ、お疲れクイン。頑張ったな」

ふるふる！

さてさて、久しぶりの宝箱の中身は、っと。

厳かな見た目の宝箱に対し、こぢんまりとした革袋が一つ。

え……？　嘘だよね……嘘だと言ってよ。

毎度のごとく、中身は何かの種がぎっしりと入っているのみ。

ここからの記憶はよく覚えていない。

気づけば次のボス部屋に辿り着いており、翼が6つある大きな鷲のような魔物が目の前で叫んでいたのだ。体の周りにはうっすら電気が迸《ほとばし》っているように見える。そのゲートキーパーの叫び声で俺は我に返ることができた。

「……はっ！　俺はいったい何を⁉　って、こいつがレブラントさんの言っていた魔物だな」

宝箱に入っていたのがまた種だという事実に、少々我を失っていた。別に種が駄目とは思わないけど、思わないけどさぁ……やっぱり期待しちゃうじゃないか。このモヤモヤとした行き場のない気持ちは、目の前にいる雷鳥にぶつけるとしよう。

「クイン！　亜空間に入っとけ」

久しぶりに全力を出させてもらおう。相手は見るからに電気タイプだが、俺の雷とどちらが上か勝負といこうじゃないか。

「手始めだ――サンダーレイ」

何本もの雷槍が雷鳥――ひとまずサンダーイーグルと呼称する――へと向かうが、当たる直前に霧散するかのように掻き消え、吸収されたのだ。

そして吸収した雷槍をもとに一本の雷槍となって返ってきた。

「ちょっとはやるな」

多重障壁展開。

目の前で雷の本流が暴れ狂うが、障壁のおかげでダメージはない。

「これなら、どうだ?――雷竜招来」

空中に雷が集約し、全長2mほどの小型の雷竜が生み出される。全長6m以上のサンダーイーグルと比べると小さいが、そのエネルギー総量はとてつもない。

「いけ、雷竜!」

全身が雷でできている竜が迫るが、サンダーイーグルに焦ったような素振りは見えない。先程と同様に吸収しようとしているらしいが、そうはいかない。

『?!』

吸収できないせいで雷竜に喉元を噛みつかれ、空中から落下してきたのだ。空を制す者は闘いを制すと言うが、地に落ちたら本来の力など半分も出せまい。

「ストーンバインド！」

鉱石でできた鎖が地面から発生してサンダーイーグルの自由を奪う。こうなったらもうこっちのものだ。電撃で拘束鎖を破壊しようとしているが、残念ながらそんなに簡単に壊せるようにはイメージしていない。

「これで終わりだ——ロックフォール！」

東京ドームの1／3くらいの広さと高さ30mくらいあるボス部屋に突如巨大な岩石が複数発生。これにはボスも驚いたのか、電撃を思い切り叩きつけて対処しようと試みているようだが焼け石に水だ。電撃であの巨岩を壊すには威力がまるで足りていない。

「ここまで規模の大きい魔法をたくさん使ったのは初めてだけど、気持ち良すぎて癖になりそう」

って、危険な思想だな。10歳が考えることじゃない。

ドロップした魔石はかなり大きい魔石だった。さすがにエンペラーダイナソーよりは小さいみたいだが。

問題はこの宝箱の中身だ。

怖くて開けられない……。

ええい！

15階層よりも少しだけ大きな革袋。

中身はお馴染みの種。

「ふ、ふふふふ。……ん？」

ふと目に入ったのは、サンダーイーグルが落とした羽根。本体が消えたというのに今も残っている。ドロップとはまた別の何か。

「……待てよ？　そういえば、５階層のボスのキングゴブリンも王冠を落としてたっけ」

……そうか！　もしこの法則が合っているなら、俺はとんでもない思い違いをしていたかもしれない。あれがドロップなのではなく、単純に倒しきる前に落としたのだとしたら。

よし、改めてもう一度15階層からやり直しだ！

転移結晶で15階層へと戻る。

「そう言えば、16階層からのフィールドってなんだったっけ……」

記憶が曖昧なせいで思い出せない……。

16階層に下りると、目に入る景色全てが木。どうやら、森エリアのようだ。

１ヵ所だけ木がなくなって道のようになっているのは、おそらく俺が魔法をぶっ放しながら進んだんだろうな。

「クイン、出ておいで」

ふるふる！

「クイン、俺はちょっと検証したいことがあるから、この階層で遊んでいてくれないか？」

そういうと、何か納得したのかそそくさと森へと入っていった。

そのあともさっき自分が通ったと思われる道を通って最短で20階層へと辿り着く。

途中の魔物はハイオークやハイオーガ、ハイゴブリンなどの一段階強くなった人型魔物が多かった。森エリアの所々には魔物の集落のような物あった。あとは蜂系の魔物もいるようだ。

検証をしてみたところ、ある程度の確証は得られた。

俺の推測はこうだ。

『魔物が死ぬ前に落とした素材は、消えることなく入手が可能。即死の攻撃で得た素材は本体消失と共に消えてしまう』というものだ。

要は死なないように剥ぎ取ることができれば、素材が取り放題というわけだ。

なので、毛皮の確保などは相当に困難となるが、逆に羽や牙などは比較的に採取が容易ということでもある。

「よし、やっと20階層に着いたな」

ボス部屋の中では先程と同じようにサンダーイーグルが叫んでいる。

「いくぞ鳥野郎‼　――エアスラッシュ×10！」

不可視の鋭刃が次々とサンダーイーグルへと直撃し、あっという間に翼を全て切り落とした。

翼を落としてもサンダーイーグルが死ぬわけではない。ということは、あの翼は素材として確保できるということだ。……今夜は手羽先……いや、大きすぎるか。

「ストーンバインド！」

鉱石でできた鎖が魔物へと巻き付き身動きを封じていく。

電撃で鉱石の鎖を壊せないのは把握している。ジタバタするだけで特に何もできていない。こうなったらあとは羽根を毟り取るだけだ。

「悪いな、俺の優雅なロッキングチェア作成のために犠牲となってくれ」

身動きの取れない鳥魔物に対して、羽根を毟り取るという行為を続けること5周。

せっかくなので、羽毛布団用にも集め始めたせいで時間がかかってしまった。

「これで任務達成だ」

クインを迎えに16階層へ行くと、いつぞやの大きな蜂の巣が出来ており、クインが周囲にいる蜂に指示を出しているところだった。

……近くに糸か何かでぐるぐる巻きにされて動けない女王蜂の魔物が見えるが、きっと気のせいだろう。

クインはそんなことをするやつじゃないしな！

とりあえず、ぐるぐる巻きになっている女王蜂モンスターを倒して魔石を回収した。

よし、ともかくこれで念願ののんべんだらりな生活に近づけるぞ！

俺はこのあとレブラントさんと話して知ることになる。20階層のゲートキーパーであるサンダーイーグルが討伐ランクAの魔物であるということを。そして、その魔物から採取した羽で作った寝具や椅子には高値がつけられるということを。

ep.8 ロッキングチェア

今俺は、王都で一番大きいとされている本屋に来ている。欲しているのは魔物図鑑と呼ばれる物だ。冒険者ギルドの資料室にも置いてあるというのはレブラントさんに聞いたのだが、いかんせん年齢制限のせいで入ることができない。

昔は何歳でも登録できたらしいのだが、成人もしてないような子供が死にすぎるという状況が続いたために、成人していることが条件になったらしい。まぁ、合理的な判断だろう。

先日、魔物の名前や特性がわからなくて不便だったので王都で一番の本屋に来たのだが、予想以上に建物が大きい。品揃えもかなり豊富なようだ。

この世界の本は割かし高価な部類だというのに、ここまで揃っているともはや図書館と言われれば信じてしまいそうになる。

「あら坊や、いらっしゃい。何かお探しですか？」

俺が子供なのに丁寧に挨拶してくれたのは、見た目20歳くらいのお姉さん。ただ、耳がかなり長いのが目に付く。あとは肌が浅黒いことだろうか。もしかしたらダークエルフという人種かな。

よく考えると、この年齢で本屋に来るってことは、金を持っていると推測するのは当たり前か。

「えっと、魔物図鑑がほしいんですけど、ありますか？　あと、錬金術の本！」

「あら、運がいいわね。つい先日、魔物図鑑を仕入れたところよ。それも、帝国が新しく発刊したやつだから内容が大幅に更新されているそうよ。その分値段も高いんだけどね。錬金術は上下巻の2冊があるわよ」

言い終えながら舌をぺろっと出す仕草が思った以上に艶があり、10歳ながらにもドキッとしてしまった。

「ちなみに、お値段はいくらなんですか？」

「上・中・下の3巻構成なんだけど、一冊当たり白金貨2枚よ。全部買ったら白金貨6枚ね。錬金術も同じで一冊当たり白金貨2枚よ」

見せてもらった本は思ったよりも厚く、一冊当たり10㎝くらいある。

それでも一冊200万円か……。全部手書きなのだとすると、そこまで高くないのか？

「じゃあ、全部ください！」

白金貨10枚をポケットからポンと出すと、お姉さんは少し驚いた顔をしていたけど、すぐさま笑顔になってお金を受け取ってくれた。

俺の手をしっかり握りながら、受け取ってくれた。とっても柔らかい。

……なんで手を放してくれないんだ？　なんか手をニギニギしていませんか?!

こ、これが大人の女性というやつなのか!?

「うふふふ、坊や、また買い物に来てくれるかしら？」

お姉さんは、目線を合わせるために体を屈ませたせいで、胸を強調するような姿勢になってしまっている。なんというか、いろいろ見えそうだ。

この店員、かなりの手練れとみたぞ！　さすが王都一の本屋だ。店員の接客までもが超一流とは恐れ入った。危うく俺も意識を持っていかれるところだった。

「うふふ、また来てね」

「もちろんです！　またすぐに来ます！」

おっと、俺としたことが少し食い気味に反応してしまった。俺は紳士なのだから、落ち着かなければ。

なにはともあれ、目的の本は買えたので良しとしよう。

本を買った後、時間に余裕があったので、誕生日会で使い切った素材を補充するために市場で珍しい物がないか物色した。なんやかんやあっていっぱい買いすぎてしまったけど、買い物が楽しすぎて止めるタイミングを見失ってしまったせいだ。

「ふぅ、ただいま、クイン」

ふるふる‼

家に帰るとクインがお出迎えしてくれる。昨日からクインは亜空間ではなく家の中に出している。

クイン用の小さいベッドを家具屋で買い、ダンジョンで確保した羽毛で作ったクッションを置いてある。そこがクインのお気に入りの場所になっているのだ。

もちろん念願のロッキングチェアも完成した。

完璧に計算されつくした足の円弧に、洗練されたデザイン、細かなところまでに拘った意匠と、背もたれと座るところに羽毛クッションを贅沢に設置することで、包み込むような安心感を実現した究極の逸品だ。

正直、ここまでの物を作るにはかなり苦労した。ダンジョンから出てすぐにロッキングチェア作成に取り掛かったが、軽く1週間はかかってしまった。一番手間だったのは、羽根から羽毛へとするために羽軸と羽柄を除去する作業だろう。ちまちまとした作業に頭がおかしくなりそうになったが、途中で羽根を羽毛だけにする道具を作ったので作業効率は格段に向上した。それでも羽根の量が膨大だったので、時間がかかったが。

骨組みとなる椅子フレームの試作品の数も、両手では足りないくらいに作った。

そしてようやく完成したのが、このロッキングチェアというわけだ。

実際に座ると、朝座ったはずなのに気づけば夕方になっており、タイムスリップしたかと勘違いするほどに座り心地が良いのだ。これは魔性のロッキングチェアを作ってしまったらしい。

試作品は邪魔なので廃棄しようと思ったが、せっかくなのでレブラントさんに売ることにしようかな。きっとあの人なら試作を元に商品に仕上げてくれそうな気がする。

というわけで、今日はレブラント商会に来ている。

「レブラントさん、お久しぶりです」

「やぁ、アウル君。今日はどうしたんだい？　生憎、白玉粉と大豆はまだ仕入れられていないが」

「いえ、今日は別件です。ちょっとこれを見てください」

ZZZ

試作品のロッキングチェアを取り出して見せるが、足が不思議な形をしているのが気になるのか、首をかしげている。

「見たところ椅子のようだけど、これでは安定しなくて揺れちゃうんじゃないかい？」

「その通りです。ですが、これは揺れることを前提とした椅子なのです。この良さは座らないとわかりませんよ」

一応、この試作品にも羽毛を使っているので、完成度としては悪くない。

「こ、これはすごい！　あえて揺れるようにすることで、普通の椅子にはないリラックス効果があるように感じる！　それにすごいのはこのクッション！　おそらく最高級の羽毛を使っているのだろう⁈　そのおかげで包み込まれて天にも昇るような気持ち良さがある！　これは売れるよ、アウル君！　ぜひ、レブラント商会で扱わせてくれないか！」

さすが商人、ロッキングチェアの価値に一瞬で気づくとは。にしても、息継ぎなしでここまで喋りきるレブラントさんもすごいな。

「はい、もちろんです。なんなら設計図をお渡ししますので、それをアレンジして商会のオリジナル商品にしていただいてもいいですよ」

これが出回るころには他の商会も真似をし始めるだろうが、そのころには大金を稼いだあとだろうし、この羽毛はなかなか手に入らないだろうから、貴族向けには最適だ。

「アウル君、これに使われている羽毛を定期的に卸すことは可能かい？」

「えっと、量にもよりますが多分大丈夫ですよ」

「であれば、さっそくだけどこれに使っている羽を可能な限り集めてもらってもいいかな？　もちろん、無理はしない範囲で大丈夫だから」

「わかりました」

「それで、値段だけど設計図を白金貨10枚で買わせてもらうよ。この椅子も一個白金貨5枚で買わせてもらう。定期的に卸してもらう羽根もこの麻袋一つで白金貨2枚で買い取る、って感じでどうかな？」

うーん、そこまで悪くないか？　原価率を半値だとすると、売るときは白金貨10枚くらいで売るんだろう。

俺としても羽根集めはそこまで手間ってわけじゃないし、問題ないかな。麻袋も20ℓくらいの大きさだから、一匹あたり麻袋20個は作れるかな。

いざとなれば羽毛布団も売れば金になるしね。

「はい、それでいいです。羽根は2週間に1回で、この麻袋20個くらいでいいですか？」

「よし、契約成立だ！　とりあえず契約期間は6ヶ月くらいでどうだい？」

「わかりました」

あとは定期的にダンジョンに侵入して羽根を回収しまくるだけだ。どうせだから、もっと深層にも行ってみたいところだ。

このあとは家に帰って、クインと遊んでご飯を食べてぐっすりと寝た。

次の日、ずっと忘れていた燻製部屋を庭の隅っこに新設した。小屋くらいだったら2時間もあれば作り上げられるし、魔法は本当に便利だと思う。なんといっても土魔法が優秀なのだ。

「そういえば、そろそろオーク肉が心もとないから、狩りに行かなきゃ。ベーコンとソーセージも卸してあげないとレブラントさんが可哀想だし。石鹸は椿油がないから作れないし……。あ、久しぶりに化粧水でも作ろうかな。やっぱりそのためにも狩りに行かなきゃ。きっと、ダンジョンの森エリアなら薬草もあるだろうし、ハイオークもいたから一石二鳥だ。倒し方さえ気を付ければ肉も剥ぎ取れるよね」

そうと決まれば話は早い。さっそく行く準備を済ませる。

装備は10階でドロップした黒い外套と杖。見た目は完全に魔法使いっぽい感じだ。

「クイン、ダンジョンに行くから亜空間で待っててね」

ふるふる！

転移結晶で15階層へと飛び、16階層でクインを放してあげるとふらふらと森の中へと消えていった。以前作った蜂の巣にでも行ったのだろう。

「さて、ハイオークでも探しますか」

ハイオーク、ハイオーガ、ハイゴブリンというのは普通のオーク、オーガ、ゴブリンとは違って体が大きい。そして肌の色が普通のより浅黒いのだ。おそらくだけど知能も高いだろう。

魔物図鑑はしっかりと読み込んできたため、今となっては魔物の名前もある程度わかる。

ちなみに、20階層のゲートキーパーの名前は『サンダーイーグル』で、予想した通りだった。

討伐ランクAの危険モンスターだ。

「本来だったら強いんだよな……」

今となってはそこまで強く感じない。魔法でごり押しできるくらいには俺も成長しているということらしい。

「お、この気配は……ハイオークかな」

この後、ハイオークを狩り続けながらも下の階層へと進んでいく。

ハイオークの肉の確保の方法だけど、試行錯誤の結果なんとか見つけ出した。

方法は至極単純。

死にそうになるまで魔法で切り刻んで、死にそうになったらエクスヒールで全回復させてから狩る。これを繰り返すだけ。

そうすれば余ったお肉がたくさん残るという寸法だ。我ながら、血も涙もない方法だと思うけど、魔物に対して手加減などする必要ないからね。特にオークやゴブリンは人間を苗床にすることで有名だ。

この方法のおかげで、20階層に到達するころには1t近い肉が手に入ったので、今日のところはこれで終了かな。

というか、途中からハイオークが可哀想になったからという理由もあるけど…………。

なんてことを考えながら20階層のボス部屋に入る。

「GYAoooooooooooooo!!!!」

勇ましく叫ぶが、意味はない。

エアスラッシュ×10！

翼を全て切り落とされ、身動きの取れないサンダーイーグルが何もできずに落下してきた。

あとはストーンバインドで身動きを封じれば、素材を採取し放題のサービスタイムの開始である。

20分もすれば、羽根のない寒そうなサンダーイーグルの出来上がりだ。

今回はせっかくなのでハイオークと同じ要領でサンダーイーグルの肉を剥ぎ取る。

100kgくらい確保できたし、今回はこのくらいかな？　オーク肉も手に入ったし、あとは羽根だけ集めればいいか。

周回すること10周。さすがに飽きる。というか飽きた。もう今日は無理だけど、これで3ヶ月分の羽根を確保できた。レブラントさんに一気に卸してもいいし、自分で使ってもいいかな。

「クイン～、そろそろ帰るよ～」

帰るために16階層でクインを探すが、なかなか見つからない。以前あった蜂の巣にはいなかったので、違うところにいるのは間違いないと思うのだが……。

うーん、どこ行ったんだ？

「うわーーーーーーー!?」

突如として聞こえた叫び声に、気づけば声のしたほうに走り出していた。

辿り着いた先では、男2と女2の冒険者パーティーが戦っていた。しかし、そこにクインの姿はない。クインと冒険者が戦っていなくて、ひとまず安心だ。

「だ、誰かわからないが助けてくれないかにゃ⁈」

気配遮断している俺に気づくということは、かなりの手練れだろう。

よく見ると、すでに3人がぐったりしている。早く助けないと死んでしまうか。

収納から咄嗟に狐面を装着して戦闘に加わる。

敵はハイオーク5体とハイオーガ3体、それに真っ赤なオーガがいた。

「その赤いオーガはレッドオーガだ！　動きが速いぞ！」

サンダーレイ×3！

「なっ⁉　無詠唱な上に多重発動⁉」

驚くリーダーっぽい男を無視して戦闘を続けるが、レッドオーガ以外は倒すことができた。

「ふぅん、それなりに魔力込めたのに、なかなか固いみたいだな。それなら」

最近開発したサンダーレイの進化技を見せてやろう。

グリッターランス！

雷をさらに強くイメージした光り輝く槍のような技である。

「GAa……？」

脳を打ち抜いたおかげか、一瞬で沈黙した。

今ならアザレ霊山の魔物も余裕かもしれないな。

レッドオーガの魔石を回収しているころ、リーダー的なやつが横たわっている3人に声をかけていた。

「お前ら大丈夫か!? 魔物はいなくなった。みんなで帰れるんだ！」

……返事は返ってこない。よく見ると、リーダー的なやつもかなりボロボロで、起きているのが奇跡とすら思えるほどの状態だった。

「エリアハイヒール」

「これは……」

死にそうだった3人は顔に血の気が戻り、肩で息をしていたリーダー的なやつも落ち着いたようだ。

ここまで回復すれば問題ないだろう。あと数分もすればあの3人は起きるだろうし、下手にこれ以上関わっても面倒なのでここで逃げるとしよう。

「あ、ありがとう！ この礼はいつか絶対するから！ 名前だけでも教えてくれ！」

「……オーネン」

これが後に冒険者Sランクとなり、世界的に有名となる『赫《あか》き翼《つばさ》』との一回目の出会いである。

ただ、身バレが嫌だったので思わず故郷の名前を出してしまったが。

ちなみに、クインは新たな蜂の巣をいくつか占領しており、またキラービーの女王蜂が何匹も糸のような物でグルグル巻きにされていた。

お？ ということはここら一帯の蜂の巣はクインの支配下にあるのか。

……大量の蜂蜜、ゲットだぜ。

ep.9 動き出す者たち

SIDE：冒険者ギルドギルド長

ここは、王都冒険者ギルド本部。

先程、最年少Aランク到達冒険者チームの『赫き翼』が帰って来た。しかし、装備はかなりボロボロみたいだが目立った怪我は全くない。さすがAランクといったところか。

「よう、クライン。やっと帰って来たみたいだな。初めて迷宮番号4に挑戦してみた感想はどうだ？」

「あぁ、ギルド長か……。なんつーか、俺たちはまだまだだった。最年少Aランクなんて言われて少しいい気になっていたのかもしれない。当分の間、クエストは受けない。それじゃ、またな……」

「は？　お、おいおい！　ちょっと待てよ！　……行っちまったか。何があったんだ？」

SIDE：赫き翼

俺の名前はクライン、赫き翼のリーダーをやっている。仲間はドワーフのゴルドフ、人族のリリーナ、猫人族のユキナの4人組だ。

俺とゴルドフが前衛、ユキナが斥候兼遊撃、リリーナが回復兼遠距離魔法のバランスが取れたパーティーで、最近Aランクに上がったばかりだ。

基本的には王都の南にある『交易都市シクスス』に拠点を置いて活動しているが、冬だというのに王都への護衛の指名依頼があったから、仕方なくクエストを受けた。まぁ、依頼料は破格の値段だったから二つ返事で了解したんだけどな。

無事に依頼は達成したが、あの人は何を運んでいたんだろう？　今までに見たことないくらいデカい荷馬車だったが。高貴な人の考えることはよくわからんな。

「なぁ、クラインよ。お主を疑うわけじゃないが、儂らを助けてくれたのは本当に子供だったのか？」

「それは私も思ってた。確かに私たちは死を覚悟するほどの怪我を負ったはずなのに、無事だったのは事実よ。けれど、ナンバーズ迷宮の地下16階層に子供が1人でいるとは思えないわ」

「……でも、あそこに誰かがいたのは間違いないにゃ。微かに男の匂いがあったにゃ。私はまだ意識があったから、助けを請うことができたにゃ。どこかで嗅いだことのある匂いにゃんだけど、思い出せないにゃ！」

ゴルドフ、リリーナ、ユキナが順に思っていることを述べるが、俺もこの目で実際に見るまでは信じられなかった。

「というか、なんで子供だってわかったわけ？」

「身長がまだ低かったんだ。10歳くらいの子供の身長だ。それに、身体がまだ華奢だったんだよ。声も少ししか聞けなかったけど、声変わりする前みたいな声だった」

「うーむ、それだけで子供と判断するのはいささか早計な気もするが、クラインの直感はバカにならんからの」

「しかも、無詠唱で魔法を使う上に多重展開ですって？　余計に信じられないわね」

「でも、事実だ。じゃなきゃ俺たちは死んでいた」

「「…………」」

信じられないことだらけなのだが、生きている。これが何よりの証拠だということは全員が理解していたのだろう。

……ユキナはまだ何か悩んでいるみたいだが。

「仮に助けてくれたのが子供だとして、その子は私たちの命の恩人よ。なにか、お返しがしたいわ」

「それは儂も同意見だ。このままではドワーフとして、冒険者としての矜持に反する」

「名前は最後に教えてくれた。というか、その一言しか聞けなかったんだけどな」

「なんて言うの？」

「『オーネン』と言うらしい。本当かどうかわからんがな」

あそこで話しかけてこないということは、救助の見返り目的ではないのは想像に難くない。というか、あの場で関わらずに去ったということは何か理由があったとも考えられる。

例えば、なぜ迷宮の中にいる？　と聞かれると困る、とかな。

「『オーネン』、ね。あまり聞かない名ね」

「そうじゃの。名前的には少なくともドワーフではないだろうが」

問題はそこなのだ。『オーネン』という名前だけでは、特定が難しいのが現状である。

恩を返そうにも、相手がわからなきゃ意味がないし……。

「とにかく、悩んでいても仕方ないわ！　とりあえずお昼ご飯にしましょう。ここら辺で一番有名なご飯屋さんを聞いておいたからそこに行きましょう？」

「そうだの。腹が減っては何も考えられんわい」

「それもそうだな。って、ユキナよ。そろそろ悩むのやめて飯行くぞ」

リリーナが案内してくれたのは、宿からすぐの飯屋だった。

「ここよ、黒猫の尻尾亭。ここはね、シクススでも流行り始めているベーコンが食べられるのよ」

「それだにゃ‼　やーっと思い出せたにゃ！　いやー、以前シクススで嗅いだことある匂いだとは思ってたけど、その男からベーコンの匂いがしたにゃ！　それもすっごい濃厚にゃやつにゃ！まるで、ベーコンが染み付いてるような感じにゃ！」

「なんだと⁈　それは本当かユキナ！」

「間違いないにゃ！」

なんてことだ。こんなところにヒントがあったなんて。

「飯食ったら、ベーコンについて徹底的に調べるぞ！」

SIDE：第3王女殿下&アリスラート

私の家に親友である第3王女ことエリザベスが遊びに来ている。

「アリス。10歳おめでとう。誕生日パーティーに参加できなくてごめんなさいね」

「仕方ないですよ、王女殿下。だって、さすがに王族が貴族の誕生日パーティーに参加したとなると贔屓にしていると思われても仕方ないですもの」

「そう言ってくれて助かるわ。いろいろ忙しくて来るのが遅くなったけど、お土産持ってきたから許してね」

「いえ、王女殿下のそのお気持ちだけで嬉しいです」

「む～！　その王女殿下ってのやめてよ、アリス！　私のことはエリーでいいから！」

小さいころは良く一緒に遊んだのだが、最近ではお互い忙しくてあまり会えないでいた。それでも、私とエリーが親友であることに変わりない。

「ふふふ、わかりましたよ、エリー」

「わかればいいのよ、さ、お土産一緒に食べましょ！　今日はクッキーを持ってきたのよ！」

「‼　お、美味しそうでございますね」

やばい、もしかして王女殿下は知っているのだろうか。いや、知らないわけがない。私の誕生日に出したお菓子がこのクッキー含む、未知のお菓子だったということを。

「あら、どうしたのかしら、アリス？　急に汗なんてかいて」

「こ、この部屋は少々暑いですから」

「……アリス、今は冬よ？」

確実にバレている。そして絶対に怒っている。顔は笑っているように見えるけど、背後に鬼が見えるのは気のせいではない……。

「は、ははは。ちょっとお花摘みに」

ガシッ
「お花摘みはさっき行ったばかりでしょう？　座りなさい、アリスラート」

「は、はい！」

「そういえば、何か私に黙っていることがあるのではなくて？　もしくは、伝え忘れていることとか」

ふぇーん‼　やっぱり怒ってるよ〜！　けど、アウルのことは言えないし、言ったらアルバスにもお父様にも怒られる……。どうしたらいいのよ〜！　アウルのバカ〜‼

「……」

「沈黙、それがアナタの答えなのね？　アリスラート」

「……すみません、申し上げられません」

「そう。わかったわ。アリスからは言えない状況にあるということは理解しました。大方、口止めでもされているのでしょう。契約でもしましたか？」

そこまでわかってしまうものなのか?!　さ、さすがは王女殿下。歴代の王女の中でも屈指の頭脳と謳われているだけはありますね……。普段はポンコツなのにこんなところで発揮しなくてもいいのに！

「アリス、普段はポンコツなのにこんなときだけ勘がいいな！　って感じの顔をしていますよ」

「そ、そんなことごじゃりませんよ？」

噛んだーーー！　私駄目駄目じゃない！　私のバカ！

「ふぅ、まぁいいわ。言えないのなら仕方ないし、これ以上虐めてアリスに嫌われたくないもの」

「エリーを嫌いになるわけないじゃない！」

これは本心だ。エリーとは子供のころからの仲だし、大事な人の1人だ。

「でもアリス、私は諦めないわよ。絶対に奇跡の料理人を見つけてみせるわ」

そう、誕生日パーティー以来、アウルは貴族や王族の間で奇跡の料理人と呼ばれているのだ。まぁ、本人は知らないだろうが……。

「アリス、今日は楽しかったわ。また遊びましょう！」

そう言い残してエリーは帰っていった。ひやひやしたけど、なんとか誤魔化せたようね。

近いうちにアウルに会いに行って、第3王女殿下がアウルのこと探し始めてるから気をつけるよう、言ったほうが良いかもしれない。

◆◆◆

「誰か」

シュタッ
「はっ、なんでしょうか、殿下」

「アリスは近いうちにきっと奇跡の料理人に会いに行くはずよ。あそこまで脅したんですもの。アリスには悪いけど、監視しておきなさい」

「御意」

シュッ
「アリス、悪いけど私も奇跡の料理が食べたいのよ。そもそもアリスだけずるいのよ！　不公平だわ！　すぐに見つけ出してあげるんだから！」

見つけられないなら、知っている人に案内させればいいだけだもの。

SIDE：アウル

「はっくしょい！」

「おや、アウル君、風邪かい？」

「いえ、きっと誰かが噂しているんですよ。じゃあ、今月分と来月分の羽根は一気に納品しておきますね」

「ああ、助かるよ。お金は3日後までに用意しておくから、取りに来てもらってもいいかな？」

「わかりました。じゃあまた！」

ふぅ〜、とりあえず今月分と来月分は納品したし、一段落だな。そろそろルイーナ魔術学院のために勉強とかしたほうが良いんだろうけど、どうしようかな。

「ただいま、クイン」

ふるふる〜！

季節は冬だが、クインはマフラーを巻いているおかげで暖かそうにしている。しかし、基本的には動かないで定位置のソファーで寝ているのだ。

……癒される。

ふと、部屋を見やる。

ごちゃ〜。

「さすがに、広過ぎたな。いろいろ忙しい上に家も中途半端に大きいせいか、掃除が追いつかない……。どうしようかな」

正直なところ本当にやばい。ここまで散らかっていると掃除する気も起きないし、掃除してもすぐに散らかるのは目に見えている。

ゴーレムに雑事をやらせようと、研究を密かに続けているけど、成功の目処は全く立っていない。何か1つきっかけがあればうまく行きそうなんだけど、それがわからない。

「うーん……」

そうだ、誰か雇えばいいんだよ！　ハウスキーパーみたいな感じで！　そうと決まれば、もう一回レブラントさんに会いに行くか！　伝手とかあるかもしれないしね！


「というわけで、また来たんだね？」

「そうなんですよ。何か伝手とかありますか？」

「そうだなぁ。ないこともないけど、アウル君の場合、秘密にしなきゃいけないことが多すぎるだろう？　私にすら言ってないこともあるんじゃないかい？」

ギクっ。

「まぁ、おおよその予想はついているけどね。第一、まだ10歳の子供がこんなにたくさんの羽根を手に入れること自体が普通じゃないからね。今後もお願いするけども」

「レブラントさん、それは言わない約束ですよ……」

「ときにアウル君、君はそれなりにお金は持っているね？」

「まぁ、少しは」

「（白金貨をたくさん持っていることを少しとは言わないのだが……）じゃあ、雇うのではなく買ってしまえばいいんだよ」

「買う？　なにをですか？」

「――奴隷だよ。奴隷は主人には逆らえないし、情報が漏れる恐れもない。それに、家事や冒険の手伝いもお願いできるし一石二鳥じゃないか」

　その発想はなかった。この世界で奴隷というのは至極一般的である。罪を犯した者、借金が返せずに奴隷になる者、口減らしに売られる者、さまざまな要因はあれど、奴隷が受け入れられている世界なのだ。

　俺もこの世界に順応しているせいか、奴隷という存在にそこまで忌避感などはない。というか、よく考えればかなり合理的な案かもしれないぞ。

「奴隷ですか」

「アウル君は家も買ったそうだし、お金もある。ご飯もきちんと食べさせるだろう？　だから、何も問題ないと思うけどね。強いて言うなら、まだ子供だから買うのに保証人がいるけど、それは私がなってあげるから問題ないよ」

「保証人って、レブラントさんにそこまでしてもらうわけには……」

「アウル君、頼っていいんだ。私は君にはお世話になっているし、君の助けになりたい」

　レブラントさんの目が真っすぐに俺を見据えていた。すごく良いことを言っている。もちろん嬉しいし感動した……けど、なんだろうな。どこか釈然としないのはなぜだろう。

「……本音は？」

「アウル君がそんな家事ごときで時間をとられてしまっては、儲けるための時間を取れないだろ？　それだと私も困……ははは っ」

本音ダダ漏れじゃないか。最後笑って誤魔化したつもりだろうけど、全然誤魔化せてない。

……でもこんな人だからこそ信じられるんだけどな。目的もなく優しい人ってのが真に警戒すべきなのだ。これはこの世界に於いても地球に於いても変わらない。レブラントさんくらい明け透けなほうが信用できる。

「わかりました。でも、どこで買えば良いんです？」

「それは私に任せてくれ。王都で一番の奴隷商を紹介するよ。あそこの商会長には少々貸しがあってね。まぁ、アウル君のおかげなんだが」

「なんで俺なんです？」

「あそこの商会長の奥さんは甘い物に目がなくてね。クッキーを優先して売ったら、とても感謝していたよ」

なるほど、なら何か手土産でも作って持って行けば、サービスしてくれるかもしれないな。

「今日はまだやることがあるから、明日になっても良いかい？」

「はい、大丈夫です」

「じゃあ、明日の夕方にまたここに来てくれるかな？あと、お金を忘れないでね」

あれよあれよと決まったけど、奴隷を買うのって異世界っぽいな！

ep.10 新たな仲間

SIDE：？？？

「ふふふ、もう少しだ。もう少しで念願が叶う。私はこんなところで終わるような男ではない。何年もかけた計画を、こんなところで終わらせるわけには行かないのだ。念には念を入れなければ……」

1人の野心が、王都全体を巻き込んだ騒動になって行くとは、まだ誰も気づいていなかった。

SIDE：アウル

今、俺はお菓子を作っている。それもアリスの誕生日パーティーでは作らなかったお菓子だ。今日はレブラントさんの紹介で奴隷を買いに行く日なのだ。昨日から緊張してほとんど寝られていない。集合は夕方なので、時間としてはまだ余裕があるのだが、そわそわしてしまって落ち着かないということもあって、お菓子を作っている。

それにこのお菓子にも意味はある。奴隷商の商会長の奥さんが、無類の甘い物好きということなので、ここでサービスしておけば何かいいことがあるのではないかという魂胆だ。端的に言えば賄賂だ。

レブラントさんの紹介なので、ぼったくられたり騙されたりはしないだろうが、どうせやるなら最善の結果を出したいゆえの努力、というやつなのである。

ちなみに、作っているのはパンケーキ。それも生クリームとはちみつをふんだんに盛り付けた至高の一品である。これで落ちない女子はいないんじゃないだろうか？

ふふふふふふ、値段交渉のときにそっと出してやるぜ。

今日購入する予定としては2人くらいを考えている。いい人がいるかはわからないけど、1人だとお休みを与えるのも不便だろうし、2人いれば交互にとかでも休める。他にも、役割を分けられるなど幅が広がるはずだ。

そんな感じで、お菓子作りに精を出していたら、お昼ご飯を食べるのも忘れて頑張りすぎてしまった。おかげでふわとろのパンケーキを作ることができたのだ。卵黄と卵白をより分け、卵白をメレンゲ状にした後に材料を混ぜるだけで、格段にふわふわ具合が向上するのだ。

「やばい！　そろそろ時間だ。お金持った、服も高いの着た！　髪型もばっちり決めた、よし！」

今日はいつも被っているハンチングを被るのをやめ、オールバックでキメてみた。これでちょっとは大人びて見えるはず。

浮き足立つ気持ちを抑えながらレブラント商会に行くと、店先にいた男性店員がすぐにレブラントさんを呼んでくれた。

「お、アウル君。準備は……万端みたいだね」

「はい、もちろんです」

「ふふふ、緊張しなくても大丈夫だよ。それにしても安心したよ」

「えっと、何がですか？」

「アウル君もちゃんと人間なんだなって思ってね！　正直、10歳と言われても信じられないほどの貫禄とか知識とかあるから、そんなに緊張したアウル君を見られて安心したってことだよ」

そりゃ、緊張くらいするよ！　前世では人を買った経験なんてなかったし、俺だって1人の人間だし男だぞ。でも、確かに今までの行動を振り返ってみると10歳っぽくはないのか？

今後は少し意識して行こう。うん。のんびりする方向に自重はしないけどな！

「それじゃ、行こうか」

レブラント商会から奴隷商までは徒歩で20分くらいのところにあるらしく、馬車に乗るかと聞かれたが緊張をほぐすためにも歩くことにした。

ゆっくり歩きながら、レブラントさんから奴隷についていろいろ聞くことができた。

まず、奴隷とは基本的に商品という扱いらしい。けど、最低限の衣食住は保証しないといけないし、人によっては守らなければならないルールもあるそうだ。

例えば、冒険の手伝いや家事をするのは良いが、夜伽などはNGなど。基本的にはルールを守れば何をしても良いらしいのだが、買う前にきちんと確認する必要があるらしい。

悪徳の奴隷商だと、その辺を黙って売りつけたりすることもあるらしいので、信用のおける商会で買うのが安全ということだ。

基本的に、奴隷は主人に危害を加えられない、逆らえない、自殺はできないという。

まぁ、よくある異世界ものと似たような物なので問題なく理解できる。

「アウル君、ここが王都で一番の奴隷商だよ」

「……ここがそうなんですか？」

見た目はかなり綺麗で、パッと見ただけでは普通の商会と変わらないような印象を受ける。さすがは王都で一番ということか。清潔感が段違いだ。

入り口に近づくと奴隷商の店員が近寄ってきた。

「あっ、レブラントの旦那！　お疲れ様です。商会長は中でお待ちしております！　えっと、そちらのお客様がレブラントの旦那が懇意にしているという……？」

「ええ、そうです。仲良くなっておいて損のない方ですよ？　見た目は子供ですが、侮らないようにお願いします」

「へい！　かしこまりやした！」

「じゃあアウル君、もうここの商会長に話は通してあるから、希望を言うだけで大丈夫だよ。きっと良くしてくれる。私はここで失礼するけどいいかい？」

「はい、ありがとうございました！　このお礼はまたいつか！」

「ふふふ、それは期待できそうだ。いい子が見つかるといいね！」

レブラントさんは帰って行ったので、店員のほうの後をついて行くと、かなり豪華な応接室へと通された。

「では、商会長を呼んできますんで、しばしここでお待ちを！」

程なくして恰幅が良くいかにもな人が出て来た。しかし、ゴテゴテと指輪をしているわけではなく、品のいい装飾品を数点つけているのみ。印象としてはかなり好印象かな。

「お待たせいたしました。レブラント殿からお話は伺っております。私は当商会の商会長をしております、カスツールと申します。本日はよろしくお願いいたします」

「俺はアウルと言います。こちらこそよろしくお願いします」

「さてさっそくではありますが、本日はどのような奴隷をお望みですかな？」

「えっと、家事ができるのが最低条件ですね。欲を言うと、いずれは冒険者活動も考えているのでそれについても意欲的な人、あとはできれば年が近いくらいだと文句なしですね。あ、女性でお願いします！」

メモを取りながら真剣に聞いてくれているところを見ると、安心して任せられそうだな。

「ふむふむ、なるほどなるほど？　かしこまりました。では該当する奴隷を連れて参りますので少々お待ちください」

……やばい‼　めちゃめちゃドキドキして来たかも。

待つこと15分くらいでカスツールさんが部屋へと戻ってきた。

「お待たせしました。アウル殿の条件に合いそうな奴隷は当商会には現在7名おりました。アウル殿はレブラント殿の紹介ですので、奴隷になった理由がギャンブルなどによる者や、出自が不明な者、もともとの素行が良くない者は除外しております。ですので、今からお薦めいたします子らの出自についてはご安心ください。では、左から紹介させていただきます」

カスツールさんが連れて来た女性は全部で7人。見た感じは全員若そうだが、さすがに俺より若そうな子はいなかった。みんな13～17くらいなのかな？　何より、全員が美女揃いなのだ。片腕がない子もいるみたいだが、それを差し引いてもお釣りが来るほど綺麗な容姿をしている。

カスツールさんが紹介してくれた人を簡単に要約すると、こんな感じだ。

・人族　ミルキ　♀　13歳
特技：料理、裁縫
意気込み：家事は任せてください！　冒険は未経験ですが、頑張ります。
印象：可もなく不可もなくといった感じ。

・人族　ラナ　♀　14歳
特技：家事全般
意気込み：家事は得意ですが、冒険はできればしたくないです。
印象：俺が年下だからか、下に見ているような感じ。

・人族　ルリリ　♀　14歳

特技：家事全般
意気込み：頑張ります。
印象：完全に子供だと思って、やる気がない感じ。

・人族　――――♀　15歳
特技：家事全般、剣術、水魔法
意気込み：なんでもやります！　どうか買ってください。
印象：何が何でも買ってほしいという感じ。
欠点：左手欠損、右目欠損、名無し

・猫人族　ミーニャ　♀　16歳
特技：料理、斥候、短剣術
意気込み：魚が食べたいです。
印象：魚が食べられれば良いそうだが、コントロールできなそうな感じ。

・犬耳族　マルン　♀　16歳
特技：家事全般、索敵
意気込み：頑張ります！　ぜひ買ってください！

印象：何に対しても頑張り屋さんな感じ。

・人族　ヨミ　♀　16歳
特技：家事全般、索敵、短剣術、房中術
意気込み：うふふ、たくさん可愛がってくださいね。
印象：大人の色気がたっぷりな上に特技がすごい。

「どうですか、アウル殿？　気になる子がいましたら面接も可能ですよ」

気になるといえば、4人目、6人目、7人目だろうか。この子たちは俺を見下したりすることはなかった。それにやる気も申し分ない気がする。

「では4人目、6人目、7人目とお話ししてもいいですか？」

「はい、では私は席を外しますので」

・名無し　15歳
「俺はアウルと言います。今は王都に暮らしているので、家事全般をお願いできればと思っています。あと、いずれは各地を見て回りたいので、冒険とかは問題ないですか？」

「すみません、見ての通り私は左手がありません。右目も欠損していますが普段の生活には問題ないです！　冒険もできる限りのことはいたしますから、どうか私を買ってください！」

「えっと、俺はまだ10歳そこらの子供ですよ？　それでもいいのですか？　あと、来年からルイーナ魔術学院に入学するかもしれないので、いろいろとバタバタするかもしれません。それでも問題ありませんか？」

「全く問題ありません。それに私は過去にルイーナ魔術学院を卒業していますので、お力になれるかと思います」

「え、そうなんですか！　わかりました」

彼女は何かいろいろ訳ありそうだけど、有能なのは間違いないだろうし、ルイーナ魔術学院の卒業者なら勉強教えてもらえるかも！

・マルン　16歳
「俺はアウルと言います。今は王都に暮らしているので、家事全般をお願いできればと思っています。あと、いずれは各地を見て回りたいので、冒険とかは問題ないですか？」

「全く問題ないです！　それで、アウル様はどこの貴族の御坊ちゃまなのですか？」

「えっと、自分は平民ですので貴族ではないです」

「あ………そうなんですか」

この子、俺のことを貴族の子息か何かと勘違いしていたみたいだな。貴族じゃないとわかった途端の落胆具合が半端ない。この子はなしかな。

・ヨミ　16歳
「俺はアウルと言います。今は王都に暮らしているので、家事全般をお願いできればと思っています。あと、いずれは各地を見て回りたいので、冒険とかは問題ないですか？」

「うふふ、全然大丈夫ですよ。ぜひ私を買ってくださいな。必ずご主人様のお力になりますよ？」

「えっと、自分は平民ですけど問題ないですか？」

「なんの問題ありませんわ。うふふ、よろしくお願いしますね？」

な、なんというか、これが大人の色気ってやつなのか？　能力的にも申し分ないし、悪い人ではないだろうから、大丈夫かな？　……べ、別に他意はないよ⁉　下心なんてないんだから！

勘違いしないでよね⁉

「どうでしたかな。お気に召す奴隷はいましたか？」

「はい、４人目と7人目の子をお願いしようと思いますが、値段はおいくらですか？」

「はい、レブラント殿の紹介ですから精一杯勉強させていただきますとも！　名無しは片腕もなく右目も欠損していますが、容姿は綺麗ですし気立てもいい。なので、白金貨20枚です。ヨミは容姿も抜群、能力も申し分なし、ここまでの逸材はなかなかおりません。ですので、白金貨80枚でどうですかな？　さらにこの子たちは生涯奴隷です」

「白金貨１００枚ですか……」

日本円にしておよそ1億円。人の人生を買うと考えると安い気もするが、事前に聞いていたよりも幾分高い気がする。この子たちもかなりの逸材なのはわかるし、値切るのは彼女たちにも失礼な気がするが、せっかく作ったお菓子も使いたい。値切れた分は彼女たちに投資すれば差し引きゼロだ。

「ときにカスツールさん、奥さんは甘い物に目がないそうですね？」

「え？　ええ、まぁそうですね。レブラント殿にはそれで大変お世話になっています」

「実はですね、ここに最新の甘味があるんですよ」

そう言って俺は収納からパンケーキを取り出し、カスツールさんの目の前に置いた。

「こ、この甘味は?!　アダムズ公爵家で出されたという甘味に使われていた生クリームなるものでは?!　どこでこれを?!」

「それは言えません、けど交渉次第ではこれをカスツールさんに差し上げてもいいのですが……？」

「ははは、レブラント殿が仰る通りのようだ。ただの子供ではないようですね。こんな素晴らしい甘味を頂ける機会を逃していては、妻に怒られてしまうな……。わかりました、２人合わせて白金貨80枚とさせてください」

身体欠損の子の分をまるまるサービスとは太っ腹だな。まさに見たまんまってか。でも、こんなところか。それにしても、彼も商人だな。アダムズ公爵家の甘味の噂をちゃんと仕入れている。もしかしたら奥さんが仕入れた情報かもしれないけどね。しかし、思惑通りだ。希少度がどんどん上がっているおかげで交渉が優位に進められる。

「わかりました。ではこの甘味は５人前お渡しします。少し多めにしておきますので、何かサービスしてくださいね？」

「ははは、これは参りましたな。では手数料は無料にさせていただきます。あと、奴隷用の服と靴などを一式こちらで用意させていただきましょう。いやはや、今日は気持ちのいい商売をさせていただきました。これからもぜひご贔屓にしてください！」

というわけで、仲間が２人増えることになりました！

「ではアウル殿、右手を出してください。さっそくですが契約をしてしまいましょう」

カスツールさんが、買った２人を連れてきてくれたのですぐに契約する流れとなった。右手を出すと、そこに紋章が浮かび上がり、その紋章から目の前にいた２人の右手へと光る鎖のようなものが巻きついた。

「これで契約完了でございます」

無事に契約を済ませたらこのまま連れて帰って良いそうなので、一緒に家へ帰ることになったわけだが。

……やばい、今更だけど何を話せば良いのか……もうすぐ家着いちゃうよ⁉

「ご主人様、大丈夫でございますか？」

名無しの子が心配してくれたけど、緊張しているのが顔に出ていたらしい。俺のほうが年下とは言え、俺はこの子たちの主なんだから、しっかりしなきゃ‼

「えっ、大丈夫大丈夫！　あ、着いたよ。ここが今日から君たちの家でもあるから、自分の家と思って自由にしていいからね！」

「「……」」

　なんだか2人が家を見て固まっているようだけど、どうしたんだろう。なぜか家の前で止まっていたので、ひとまず促して家の中に入ってもらった。

「じゃあ改めて自己紹介するけど、俺の名前はアウルと言います」

「ご主人様、主が奴隷に敬語を使っていたら舐められますので、どうか敬語はおやめください」

　そ、そういうものなのか……。知らなかった。

「わか……った。えっと、改めて自己紹介してもらってもいいかな」

「はい、では私から。私は名前がありませんのでお好きなように呼んでください。特技は家事全般と剣術、あとは水魔法が使えます。左手と右目が欠損していますが、できる限りのことはいたします」

「では次に私ね。私の名前はヨミです。家事全般と索敵、短剣術が得意です。あとは、房中術が得意ですよ？　うふふ、今夜にでも試してみますか？」

「こ、こら、ヨミ！　そんなこと、私が許さないんだから！」

　ふふふ、名無しとヨミはかなり仲が良いみたいだ。相性もそこまで悪くなさそうだし、安心した。それにしても名無しの名前はどうしようかな。

　ヨミと言い争っている彼女は、月夜に映えるような銀髪の髪に、白っぽい綺麗な瞳。

「……ルナ。うん、君の名前はルナだ。嫌かな？」

「ッ!?　……ルナ……いえ、嬉しいです……ふふふ、私は今日からルナです！」

なぜか涙を流すほど喜んでくれている。ここまで喜んでくれると思わなかったので、俺としても驚きだ。きっと、彼女も壮絶な人生を送ってきたのだろう。

『ぐぅ〜〜〜〜〜』

感動もそこそこに盛大に鳴り響く3人のお腹の音に、みんなで笑い合うことができた。まだそれぞれ緊張した感じはあるけど、これからちょっとずつ仲良くなっていけたら良いな。

ルナの身体欠損もすぐに治してあげたいけど、先にご飯を食べてもらって基礎体力を回復するほうが先だ。カスツールさんもちゃんとご飯は食べさせていたようだけど、おそらく最低限だろう。

「さっ、細かいことは明日説明するとして、今日はご飯を食べようか！」

収納から出来合いのご飯を大量にテーブルへと取り出す。これはサギーシ商会で買い取っておいたご飯たちだ。あれ以来食べずに放っておいたのだが、ここで少しは消化できそうだ。公爵家で食べることも考慮されていたやつなので、味も悪くない。

「「…………」」

「あれ、どうしたの、2人とも？」

「……ねぇ、ヨミ。私たちのご主人様ってもしかして世間知らずなんじゃないかしら？」

「そうね、平民なのに私たちを即金で買うあたりで薄々感づいてはいたけど、今確信したところよ」

「ほら、冷める前に食べるよ、2人とも！」

「「はい、ご主人様」」

ep.11 ルナとヨミ

「じゃあ、食べようか」

「「はい、ご主人様」」

食べようと言ったのに、なぜか2人とも椅子に座ろうとはしない。何を思ったか俺の近くの床に正座し始める始末。ルナは涎が出るほどお腹が空いているみたいなのに、何がしたいのだろう?

「えっと、2人とも何しているの……?」

「ご主人様の食べ残しを頂ければと思いまして」

「うふふ、こんなご馳走は久しぶりですので、楽しみです。それにしても、ご主人様はまだ10歳ですのに、たくさんお食べになられるのですね?」

……どうやら、この世界の奴隷は床で主の食べ残しを食べるのが普通らしい。なんというか、頭を抱えてしまうな。奴隷という存在への忌避感はないものの、その常識までは知らなかった。

「あ〜、そうか。いや、みんなで一緒に食べようよ。床じゃなくて椅子に座って良いし、同じ物を食べよう。遠慮もしなくて良いんだ。これは2人の歓迎会も兼ねているんだから」

「よ、よろしいのですか……?」

「うふふ、ではお言葉に甘えまして」

ルナは驚いているようだが、ヨミは順応が早い。この調子でどんどん慣れてくれたら良いな。詳しいことはご飯を食べてからで良いか。お腹が膨れれば少しは落ち着くだろうし。ただ、ヨミはいちいち色っぽいのが心臓に悪い。嫌いじゃないけど。

「ちょっとヨミ‼　……もう。で、では私もお言葉に甘えさせていただきます」

「じゃあ、いただきます」

「「⁇　いただきます、とはなんでしょうか？」」

あ、この世界ではない挨拶だった。そりゃわからないよな。

「ご飯を食べるときのお祈りみたいなものだよ。食材の命をいただきます、という意味になるんだ」

「なるほど、いただきます！」

「ふふ、いただきます」

ルナは元気一杯な感じで、ヨミはいちいち色っぽい。見ているこっちが恥ずかしくなるんだよなぁ。食べるときくらい色っぽさも閉店すれば良いのに。

「美味しいです、ご主人様！」

「うふふ、こんなに美味しい食事は本当に久しぶりで、体が喜んでいるのがわかります」

２人とも喜んでいるようでよかった。俺も早く食べなきゃ。それにしても、ルナは片腕がないから食べにくそうだ。回復させるにも体力が落ちていると、逆に命の危険があるから今日たらふく食べさせて、しっかり体力回復させてから明日治してあげよう。ヨミにも念のため回復魔法をかけておくか。

「食べながらで良いから聞いてね。俺は2人を買ったわけだけど、別に虐げたり乱暴な扱いをしたいわけじゃないんだ。ちょっと俺にはいろいろ秘密があるから人を雇ったりできなくてね。だから、ルナとヨミに来てもらったんだ。あとで家の中も案内するけど、外から見てもわかる通り、そこそこ大きいんだ、この家。それで、部屋も全然片付けられてなくてね。だから、2人には家事全般を任せたいんだ。あと、奴隷商では詳しくは言えなかったけど、2人ともすでに成人しているから冒険者登録をしてもらいたいんだ。それで一緒に迷宮へと潜ってほしいんだ。えっと、一気に説明したけど、ここまでで何か質問ある？」

「はい、質問よろしいですか？」

「なんだい、ルナ」

「えっと、ご主人様の秘密っていうのはなんでしょうか」

俺が言ったくらいだし、そりゃ気になるよな。

「それについては追い追い説明していくから、今はまだ内緒だ」

完全に信用したというわけではないから、まだ言えないかな。もう少し一緒に暮らしてみてからだ。

「では、私からもよろしいですか？」

「良いよ」

「家事全般と仰いましたが、普段は冒険者として活動するということでよろしいですか？」

「うーん、まぁそういうことになるかな？」

「わかりました」

「じゃあ、そろそろいいかな？　今は特に決まったことはあんまりしてないけど、来年の春からはルイーナ魔術学院に通うかもしれない。だからそのための勉強をあと４ヶ月でなんとかするつもりなんだけど、その手伝いもしてほしいんだ」

「「かしこまりました」」

「とりあえずは、こんなところかな。次はルナとヨミについてだけど、どうして奴隷になったか聞いてもいいかな？　もちろん言いたくなければ言わなくていいし、言えるタイミングでいいと思ってる」

「……私はもう少し、お時間をいただいてもよろしいでしょうか」

「うん、いいよ。ルナの中で整理がつくまで待っているよ」

「じゃあ、私が。私はもともと交易都市シクススで生活しておりました。そこは商業が盛んな都市なのですが、貧民窟もあるのです。いわゆるスラムと言われるところです。そして私はそのスラム出身です。そこでいろいろな汚れ仕事をしてなんとか生計を立てていたのですが、４年前にある仕事をしたときに、依頼主に嵌められまして……。私は仲間の助けもあってなんとか生き延びることができたのですが、仲間はおそらく……。心身ともにボロボロになり、このまま何もできずに死ぬくらいならと、奴隷商に身を売ったのです。カスツール様はおそらく私の過去についてはそのときの依頼主が作った嘘の書類を信用したのでしょう。裏切った依頼主が偉い貴族だったらしく、何かあったとき用にと嘘の戸籍と過去を用意してくれていたんです。なので、それを使って出自に関しては事なきを得ました。……購入していただいたご主人様には申し訳ないですが、私の手は汚れているのです。特技はそのときにいろいろと覚えたものになります。あ、もちろん処女ですよ？　知識としてあるというだけです」

おぉう……。想像以上にヘビーな過去なんだが。奴隷商では明るく振る舞っていたけど、本当は心に深い傷を負っているのかもしれないな。

「その貴族は誰かわかっているの？　というか、今でも憎い？」

「もちろん憎いです‼　しかし、今となってはそのときの貴族が誰なのかはわかりませんし、私は奴隷です。ご主人様の迷惑になるようなことはできません」

復讐なんかしても大事な人は喜んでくれない！　なんて話を聞くけど、俺はそうは思わない。もし俺だったらなんとしてでも復讐して地獄に落としてほしいと願うだろう。復讐心を忘れて生きろだなんて無責任なことは言いたくない。

「そっか……教えてくれてありがとう。でも、俺に手伝えるようなことがあれば全力で手伝おうと思う。もし、強くなりたいと思うなら、その手伝いをさせてもらうよ。例えば迷宮に行くとかね」

「ご主人様……。ありがとうございます、その気持ちだけでも嬉しいです。うふふ、ご主人様と一緒に迷宮に行けるのを楽しみにしていますね」

ヨミを嵌めたという貴族については追い追い調べてみようかな？　伝手もあるしね。今度ヨミに当時の詳しい話を聞いてみよう。

　ルナも時間かけて仲良くなっていこう。きっと彼女も何かしら抱えているに違いない。さっきの食事を見る限り、かなり育ちが良さそうにも見えた。下手したら、どこかの貴族なのかもしれないな………。

「さて、ご飯も食べたしそろそろお風呂に入ろうか！」

「「お、お風呂ですか⁉：」」

「え、うん。そうだけど、嫌だった？」

　この家にはもともと風呂なんてなかった。しかし、風呂に入らないなんてことは今更考えられない。ってことで、作っちゃいました！　木は迷宮の森エリアで大量に入手していたらしい。

……記憶はなかったけど。

「もうお湯は張ってあるから、先に入るといいよ。石鹸は好きに使っていいし、シャワーって言ってもわからないか。お湯が出てくる設備も好きに使っていいから」

「それはいけません‼　お風呂はご主人様が入ってください！　私は庭にあった井戸の水でも使わせていただければ構いませんから！」

「うふふ、ご主人様のお背中お流しいたしますわ」

「なっ⁉　ヨ、ヨミ‼　わ、私も一緒にお背中流すもん！」

「あら、井戸水じゃなかったの？」

「ご主人様とヨミを２人きりにさせられないもの！　私がご主人様をヨミから守るんだから！」

えーっと、なんでこうなった？　確かに風呂は広めに設定したし、木組みをしっかりとした、かなり立派な自慢の風呂だ。とは言っても、なんでいきなり一緒の風呂に⁉　まだ1日目なんだけど！

そこまでルナとヨミの好感度を稼ぐようなことしたかな？　……まぁ、ルナはヨミに釣られた感じがあったから、ルナについては半ば事故のようなものだろうけど。

「うーむ……」

目の前にはルナとヨミがタオル一枚を体に巻いて風呂に入っている。ヨミが隣に座って誘惑してきそうだったので、ルナにその妨害をお願いしておいた。片腕ながら頑張ってくれている。

「それにしても、ご主人様は不思議な人です。平民なのにお金をたくさん持っていますし、かといって商人というわけでもない。なのに、住んでいる家は立派でお風呂まである。まるで、物語に出てくる主人公みたいです」

「うふふ、別に良いじゃない。謎のある男性のほうが格好良いでしょう？　それに、甲斐性があるのは私たち奴隷にとっても喜ばしいことだわ」

ルナとヨミがべた褒めしてくれる。ルナは単純に不思議みたいだけど、ヨミはなんでもいいらしい。いつか、俺のことについて言える日が来ると良いな。

結局、このあとルナとヨミに代わる代わる背中を流してもらった。前面だけはなんとか死守することに成功したが、背中に柔らかい何かがあったのは間違いない。

……とりあえず、明言は避けるけどルナもヨミもいいものをお持ちでした。たまには一緒に風呂に入るのも悪くはないかもしれない、と思わされるくらいには楽しい入浴タイムだった。裸の付き合いとはよく言ったものだな。確実に3人の仲は深まった気がする。

……ただ、こんな姿はミレイちゃんに見せられないな。奴隷を買ったからって調子に乗ったみたいで情けない。あくまで、秘密保持と家事全般が目的なのだから。

風呂から出たので次は部屋の案内だ。と言ってもこの家は4LDKなので俺の寝室とリビングを除けばあとは3部屋しかない。部屋は余っているから1人1部屋ずつ使ってもらうつもりだ。

「部屋は3つ余っているから、好きに使ってね。ベッドは俺の以外に1つしかないから、申し訳ないけど今日は2人で1つ使ってもらっていいかな？　明日またベッドを買いに行くから。他にも必要な物があれば買うからね」

「奴隷にわざわざ部屋を1つずつ与えられるのですか？」

「うふふ、私はご主人様と一緒のベッドでも構いませんが」

ヨミは積極的すぎて困るな。嫌ではないけど、ヨミに釣られてルナまでもが張り合おうとするからな〜。まぁ、まだ初日だし俺より先に女の子同士で仲良くなってもらえたら嬉しいな。

「ま、まぁ、今日は2人で寝てくれ。積もる話もあるだろう？」

「「かしこまりました」」

「じゃあ、夜も遅いし明日もいろいろと買い物する予定だから、今日はもう寝てくれ。おやすみ」

「「お休みなさいませ、ご主人様」」

SIDE：ルナ

ご主人様であるアウル様は寝室へと行ってしまったので、今日のところは私も寝るとしよう。

それにしても今日は本当にいろいろなことがあった。片腕と片目が欠損している私なんかを買った上に、ありえないくらい優しくしてくれるご主人様。

まるで1人の人間として扱ってくれているように感じる。奴隷商では女奴隷は基本的に性奴隷として扱われることが多いと教わった。他にも奴隷としての行動や考え方を叩き込まれた。なのに、ここではそんな奴隷の常識は通じない。というより、必要ないと言ったほうが正しいかもしれない。

しかし、私が奴隷なのには変わりない。思い上がってはいけないけど、ついつい自分が一般人だと勘違いしてしまいそうになる。優しすぎるご主人様には困ったものだ。無論、嬉しすぎて困っているのだが。

一緒に買われたヨミは、私と同時期に奴隷商に来た子だ。すぐ売れそうなものだが、もともとの値段が高いというのと、売るための条件が信用に足る人にしか売らないというものがあったのだ。あと貴族にも売らないというのもあったかな。まぁ、私も同じだけどね。

このまま売れずに、時間ばかりが過ぎて行くのかと思っていたけど、それは今日で終わりを迎えた。

私の前に現れたのは、見た目10歳くらいの男の子。あどけなさが残るものの、その態度には余裕があり、将来絶対格好良くなると思われる顔立ちをしていた。面接のときに少しだけ話をさせてもらったけど、最初の印象通り、かなり優しそうな子だった。

私たちをカスツール様が薦めるということは、貴族ではないのは間違いない。それに服装も綺麗だが、貴族特有の嫌らしいものではない。なのに、私たちを即金で買うということはかなりの財力ということになる。

ご主人様の家に連れてきてもらったが、そこそこ大きい家だ。平民には似つかわしくない程度には大きい家で、想像よりもお金持ちなのかもしれない。

家の中に入ると、少し散らかっていた。いや、これは少しではないか。いずれにしろ、家事ができる奴隷を欲した理由はそういうことだろう。

自己紹介を済ませたタイミングで、お腹から大きい音が鳴って恥ずかしかったけど、ヨミとご主人様からも鳴っていたから、みんなお腹が空いていたみたいだ。

ご主人様が何もない虚空から、美味しそうな料理をたくさん取り出した。……え？　どこから取り出したの？　しかも、どれも高級そうな料理ばかりだ。まるで上級貴族のパーティーに来たのかと勘違いするほどだ。

これにはヨミも驚いているようだ。なのに、ご主人様は平然としている。どうやらご主人様は普通ではないらしい。

私の過去についても聞いてきたけど、無理に聞き出そうとはしてこなかった。本来なら奴隷に拒否権はないけど、それを尊重してくれるなんて本当に変わったご主人様だ。本当に。

この人になら、言ってもいいのかなって思えるくらい。いつか、私の過去についてもちゃんと言おう。根拠はないけど、受け止めてくれる気がする。

驚いたのはこれだけじゃない。なんと、お家の中に風呂があったのだ！ 貴族の家か豪商の家にしかないような立派なお風呂が！ 私も最後に入ったのは5年前くらいだろうか？ なんにしろ、お風呂に入れるのは本当に嬉しい。月に1回くらいは入らせてもらえるだろうか？ 庭には井戸もあったし、普通ならそっちを使うのが奴隷の常識だろうけど……。

しかし、ヨミはご主人様の背中を流すと言っている、えっ?! そうなの!? 初日なのにいきなり?! 積極的すぎるよ、ヨミ！ 色気たっぷりのヨミと一緒とか何があるかわかったものじゃない。恥ずかしいけど、私がご主人様を守らなきゃ！

凄く恥ずかしかったけど、久しぶりのお風呂は最高に気持ちが良かった。そういえばお風呂のお湯はご主人様が用意してくれたみたいだけど、いつの間に入れたんだろう？ 魔道具はなかったように見えたけど。まさか、魔法で……？ いや、さすがにそれはないか。

まだ少しの時間しか一緒にいないけど、私のご主人様が良い人だというのがわかった。それだけに、私の体が五体満足じゃないのが、本当に申し訳ない……。

それでも、できることは全力でやらなきゃ!! 明日からも頑張るぞ！

SIDE：ヨミ

ご主人様は寝室に行ってしまった。私は今日買われた。奴隷になってから約4年たったが、今思えばあっという間だったかもしれない。奴隷になったおかげで家事全般の技能は身につけられたし、食に困ることはなかったから悪いことばかりではない。

売られるにも条件をつけたから、なかなか売られることもなかったけど、ついに買い手が付いたと思ったら、私を買ったのは10歳の男の子。見た目は普通の男の子だが、10歳とは思えないほどの余裕と態度。あの歳であそこまでの域に達していたのは、スラム街でもいなかった。しかも、あろうことか現金一括で奴隷を2人も買ったこの子は、もしかしたらすごい人なのかもしれない。

いざ家に着いてみたら、10歳の子供が持つ家にしては大きすぎる家だった。庭も広いし井戸もある。小屋もあるけどあれは物置なのかな？　中に人の気配はなく、両親の気配はない。聞く話によると、田舎から1人で出てきたらしい。学院に入ると言っていたけど、そのためなのかな？

ご主人様は格好良いと思う。物腰も柔らかいし10歳とは思えないほどに気配りができる。まだ幼いけど、あと5年もすれば化けるだろう。

食事も一緒に摂るように言ってくれるし、虚空から料理を大量に取り出したのは本当にびっくりした。ルナも驚いていたところを見ると、やっぱり普通じゃないみたいだ。

ご飯はもの凄く美味しかった。それこそ今までに食べたことがないくらい。これが毎日食べられるなら、ご主人様に全てを捧げてもいいと思えるほどだ。

それにご主人様は私の過去をちゃんと聞いてくださった。本来なら奴隷商に文句を言っても仕方がないようなことなのに、受け入れてくれただけじゃなく、手伝うとさえ言ってくれた。

本当に嬉しかった。

私を消そうとした貴族はおそらくかなり上位の貴族だというのに、それを聞いても微塵も引くことがなかった。このとき私は心が決まったのだ。

……あぁ、私はこの人に全てを捧げよう、と。この人はきっと信用するに足る。この人に付いていけば絶対に仲間たちの無念を晴らせるのだと。

ご飯を食べたあとは、まさかのお風呂！ ルナは井戸水でいいなんて言っているけど、奴隷としては確かにそれが正解なのかもしれない。けど、私はお風呂に入ってみたいし、それ以上にご主人様のお背中を流してあげたい。もっとご主人様が知りたくて仕方がなかった。

一緒のお風呂は少し恥ずかしかったけど、ご主人様は喜んでいたみたいだし？ また、一緒に入りたいなぁ。

ベッドも立派だったし、一部屋ずつ奴隷に与えるとは本当に変わっているご主人様だ。ついつい甘えてしまいそうになる。自分が奴隷であるということを忘れてしまいそうになるほどに優しくて格好良いご主人様。

これからの日々が楽しみで仕方なくなってしまうほどに楽しい1日だった。

ep.12 動き出す陰謀

SIDE：赫き翼

俺の名前はクライン。赫き翼のリーダーだ。

ベーコンについて調べ始めて数日、ベーコンを売っている商会についてはすぐに判明した。

その名は『レブラント商会』。ここ数年で急成長した商会らしい。

主力商品はたくさんあるが、中でも他の商会にはないような商品がもの凄い人気を博しているそうだ。

具体的には、ベーコンやいい匂いのする石鹸、蜂蜜、白い砂糖、クッキーなどだ。一時期、化粧水というものが発売されたらしいが、なぜかすぐに販売を中止したらしい。貴婦人たちがこぞって買い占めたせいで暴動が起きかけたからだという噂だ。だが、最近またちょっとずつではあるが販売しているらしい。

どの商品も人気過ぎて、すぐに売り切れるほど流行っているという。ちょっと信じられないような商会だ。

なんて言っているが、俺も王都ではよくベーコンを食べている。あの旨味が凝縮された肉を一度知ってしまったら、もう病みつきだ。

今では毎日のように黒猫の尻尾亭に通っている。

話が逸れたが、調べてわかったのはそこまでで、そのベーコンがどこから来ているかがわからないのだ。いろいろな人がその秘密を探ろうとしているらしいが、いまだに情報が掴めていないという。まぁ、俺もそのひとりなわけだけど……。

というわけで、俺はオーネンという人物を突き止めるべく、レブラント商会に来ている。

「すみませーん」

「はい、いらっしゃいませ。おや、あなたは確か『赫き翼』のリーダーのクライン殿ではありませんか？」

「あ、そうです。俺のこと知ってるんですか？」

「もちろんですとも。我々商人は情報が命ですから。最年少でAランクに上り詰めたパーティーだと伺っております。おっと失礼、自己紹介が遅れました。私はこの商会の商会長をしております、レブラントと申します」

いきなり商会長に出会えるなんて、俺はツイてるな！　この人なら絶対知っているだろう！

「聞きたいことがあるのだが、いいだろうか？」

「ええ、どうぞ？　答えられることならなんでも答えますよ」

「この商会の主力商品のベーコンについて、どこから調達しているか教えていただけないだろうか？」

そう聞いた途端、一瞬だが商会長の顔が変わった気がする。まるで、獲物を狩る前の狩人のような。……気のせいか？

「申し訳ありません、機密保持のため、それはお教えできません」

「では聞き方を変えるが、『オーネン』という少年に聞き覚えはないだろうか？」

「……『オーネン』ですか。その少年が何か？」

「ちょっと俺たちも訳ありでな。ここで大っぴらに喋るわけにもいかないんだ。場所を移さないか？」

「いいでしょう。付いてきてください」

通されたのは応接室のようだが、微かにだが視線を感じる。……だが、気配はない。かなりの手練れだな。おそらく、この視線もわざとだろうな。ここまでの手練れを従えているとなると、この商人もただものじゃないな。

「改めて聞きますが、先程の名前をどこで？」

「それを話すために、まず俺たちの現状から説明させてくれ。俺たちはとある指名依頼でシクスから来たんだが、依頼主の勧めもあって腕試しがてら迷宮番号4に挑むことにしたんだ。なぜか滞在費までたっぷりくれたからな。

それで、いざ挑戦してみると、最初は問題なく攻略できた。だが10階層を超えた辺りから急に敵が強くなってな。噂には聞いていたが、それ以上だった。それでも、問題なく15階層のゲートキーパーを倒すことができた。けど、そろそろ疲れてきたから帰るかって話をしてたんだ。また日を改めて挑戦するつもりだったからな。

　それで、16階層の様子を見てから帰ることになったんで、ポーションを飲んで探索を再開したら急に仲間３人が不調を訴え始めたんだ。だが、そこに運悪くレッドオーガが襲ってきて、さすがに死を覚悟したよ。

　でもそのとき、狐のお面を被った強い少年が現れて、俺たちを助けてくれたんだ。その少年は見たことのない魔法で敵を一瞬で殲滅して、さらに回復魔法で治療までしてくれた。んで、その少年に名前を聞いたら『オーネン』だったってわけだ」

「なるほど……。気になることはいくつかありますが、なぜその少年とベーコンが結び付くんです？」

　まぁ、そうなるよな。

「実はうちのメンバーに少々鼻がいいやつがいてな。その少年からベーコンの匂いがしたからって理由だ」

「はぁ、なるほど。理解しました。その話は誰かにしましたか？」

「いや、してないが……」

「なら、その話はここだけの話にしてください。私も知っていることを少しだけお教えしますので。要は、あなたたちは『オーネン』君に恩返しがしたいということですよね？」

「その通りだ！　命を助けられたままというのは冒険者の流儀に反する！」

「わかりました。とりあえず今日のところはお帰りください。『オーネン』君には私のほうから話を聞いておきますから、３日後にまたここへ来てください。あと、絶対にその話は他言無用ですよ」

「すまない！　恩に着る！」

ということは、間接的に『オーネン』がベーコンの製作者ってことなのか。なんにしろ、これであの少年に会える！　会ってお礼を言った後は、どうやって恩返しするかを考えないとな！

みんなに早く報告しなくちゃ！

SIDE：レブラント

はぁ、参りました。今まで散々ひた隠しにしてきたというのに、こんなところでバレるとは。まぁ、彼の性格を考えると見捨てることなどできなかったのでしょうが。もう少しわかりにくい偽名でも使えばよかったものを。急すぎて思わず故郷の名前で誤魔化したのでしょうかね。アウル君の名前が世に出るのはまだ早すぎる。せめてあの子が成人するまでは、『オーネン』という名前で、なんとかするとしましょう。

……それにしてもさっきの話は少し妙なところが多いですね。少々、こちらでも調べてみましょうか。

「ミウ、いるかい？」

シュタッ

「はい、旦那様」

「彼らの依頼主についてと、その依頼内容について調べてください」

「かしこまりました」

シュッ
「ふむ、私の杞憂であればいいのだが、万が一ということもあるからね。とりあえず、アウル君のことだから奴隷を買った報告をしに来るだろう。そのときに少し話をしてみようかな」

いつになったら悩みが尽きるのでしょうか……。

SIDE：？？？

「……以上が、報告になります」

「なに？　赫き翼の連中が生きているだと？　……そうか、わかった。こちらも忙しいが、不安の種は早めに潰すに限る。準備に数日はかかるから、それまでやつらを見張っておけ。感づかれるなよ」

「かしこまりました」

「それと、魔香粉を大量に用意しておけ」

「3日以内に用意いたします」

くそっ、あいつら余計な手間を取らせよって。まぁ、いい。予定が少し変わっただけだ。4年前のミスに比べればこの程度なんてことはない。だが、これ以上計画に遅れが出るとまずいな。

少々早いが、次の段階へと進むとするか……。

SIDE：アリスラート

朝日が昇り始めたころ。

「アルバス、今日はアウルのところへ行くわよ」

「かしこまりました。ただいま準備をいたしますので少々お待ちください」

やっとアウルのところへ行けるわ！　ルイーナ魔術学院に入るためとはいえ、勉強時間や稽古が多すぎなのよ！

早くアウルに王族が目を付けたことを教えねば！

まぁ、私が行く理由なんてほんとはないんだけど、アウルのことだから？　新しいお菓子を作っているかもしれないじゃない？　別にアウルが心配だからじゃないんだから！

それに、私になんの挨拶もなくいなくなったことの文句も言わないといけないもの！

「お嬢様、馬車の用意ができました」

「今行くわ！」

「お嬢様、着きましてございます」

なんて文句を言ってやろうか考えていたら、いつの間にかアウルの家に着いたらしい。

「ここはどこなの？」

しかし、アルバスに案内されたのはいまだに大通りだったのだ。不思議がっていたらアルバスが説明してくれた。

「……お嬢様、誰かはわかりませんが、こちらを監視しているものがいるようです。それもかなり手練れです。私もついさっき気づくほどの腕です。なので、念には念を入れて違うところで降りたのです」

「なんですって⁉」

「お嬢様、声を小さくしてくださいませ。ここからは監視を撒きながら行かせていただきます」

「わ、わかったわ」

そこからアルバスの魔法によって、なんとか監視を撒いたらしいが、いったい誰が私を監視していたのだろう？　公爵家という身分上、狙われることもあるため断定は厳しいだろう。

「ここでございます」

アルバスが案内したのは、それなりに大きい家だ。庭もあるし、平民が住むにはやや豪華な気がしてならない。

アルバスがノックをすると、すぐに返事があった。久しぶりに会うアウルに少し緊張しているのか、じんわりと頬が熱いのがわかる。

なんて言ってやろうかしら？　無難に「久しぶり」とか？　それとも……。

しかし、扉を開けた人を見て、私の言葉は自ずと出た。

「だ、誰よ、この女は！」

SIDE：アウル

今日も今日とていい天気だ。冬だから朝はかなり冷え込むけど、我が家は俺の魔法もある上に、薪ストーブがあるのでかなり暖かい。

ルナとヨミはまだ寝ているみたいだな。無理もないか。さすがに疲れが溜まっているだろうし、朝ご飯は俺が作ろう。昨日あれだけ食べていたし、少し胃に優しいご飯にしよう。

朝ご飯は梨の大麦リゾットだ。刻んだ梨と擦った梨の2種類を用意し、その間に大麦を煮ていく。初めに擦った梨を入れて味を馴染ませたところに、刻んだ梨を入れる。レモン汁と塩で味を調えて完成だ。胡椒をかけて炙ったベーコンを添えれば完璧だな。

朝ご飯が完成して、ついでにデザート用に新作としてプリンを作ってみた。バニラについてはまだ見つけてないので完成とはいかなくても、それなりの味になった。

プリンができるころにはさすがに2人が起きてきたので、朝ご飯にしようと思ったのだが、いきなり2人して土下座された。

「すみません、ご主人様！　奴隷の身分にもかかわらず、ご主人様よりも遅くに起きてしまいました！　あまつさえご飯の支度まで……誠に申し訳ありません！」

「なんなりと罰をお与えください！」

ルナとヨミが謝罪してきたが、なんだそんなことか。

「きっと疲れていたんだよ。それに慣れない環境だし仕方ないよ。別に俺は気にしないし、ご飯作るのも嫌いじゃないからね。でも、罰として今日は買い物が終わったら家の片づけを頼むよ」

「罰ではなくても片づけはさせていただきます！」

「では、今日もお背中を流させてください」

「わ、私も！　お背中流します！」

真っ赤になりながらヨミに対抗するルナは、見ていてグッとくる可愛さがあるな。ヨミもお色気お姉さんといった感じで堪らない。全くけしからん２人だ。

「ふふ、じゃあ今日も一緒にお風呂だね。それで罰としよう。ほら、ご飯食べるよ！」

「「かしこまりました、ご主人様」」


「「いただきます」」

「ご主人様、これとっても美味しいです！　作り方を教えてください！」

「うふふ、本当に美味しいです。できれば私にも教えてくださいね？」

「うん、いいよ。というか今度からは一緒に作ろうか。そうすれば作り方も覚えられるし一石二鳥でしょ？」

「はい！　よろしくお願いします、ご主人様！」

「ご主人様との共同作業。うふふ、楽しそうです」

　2人とも昨日よりも元気になったみたいだな。さて、そろそろデザートにと思ったけど、2人は俺のお菓子、初めてか。どんなリアクションをとるか楽しみだな。これ食べたらいよいよルナの手と目を治してあげよう。

　コンコン
「ん、誰か来たみたいだ。ヨミ、出てもらってもいいかな？」

「お任せください」

　ルナはまだ体を治していないからヨミに対応してもらったけど、そもそも2人はそういった対応ってできるんだろうか？　確認しないままお願いしちゃったな。

　玄関からはヨミの声とお客さんの声が聞こえてくる。

「どちらさまでしょうか？」

「公爵家で執事をしております、アルバスと申します。アウル殿はご在宅ですかな？」

「少々、お待ちください」

　アルバスさん？　いったいどうしたんだろう。何かあったのかな？

「ご主人様、公爵家の執事のアルバス様がお見えですが、いかがいたしましょう？」

「俺も行くよ」

「アルバスさん、お久しぶりです。とりあえず中へどうぞ！」

「失礼いたします。それと、本日はお嬢様もご同行いただいております」

「え、アリスが？　何かあったんですか？」

「それは私から説明するわ！　とりあえず中に入るわね」

とりあえず中へ入ってもらったけど、なんだかアリスの機嫌がすこぶる悪いように思えるのは気のせいかな？　いや、あのムスッとした顔は怒っているに違いない。

「えっと、今日はどうしたの？」

「……奴隷を買ったのね。それもとびきり美人を２人も」

「え、なんて？」

「なんでもないわよ‼」

「え、うん？」

なんでかわからないけど怒っている。さっきも小声すぎて聞こえなかったし。

「今日ここへ来た理由だけどね、とうとう王族にアウルの存在が知られたわ。そして、私がアウルのことを知っていることもね」

「そうか……。あ、今日はそれを伝えにきてくれたの？」

「そ、そうよ！　それと、勝手にいなくなるなんて驚くじゃない！　せめて一言言ってからにしなさいよね！」

「あはは、ごめんごめん。あの日、アリスは疲れていたみたいだったからさ。それに、ルイーナ魔術学院に入学できれば、いつでも会えると思ってね」

「そ、それもそうね……。アウル、さっきからそこにあるのは新作のお菓子かしら？」

「あ、これはプリンと言ってね。さっき作ったんだ。よかったらアリスも食べる？」

「いただくわ！　………………おいひいはねほれ！　もっほいっはいはべはいわ！」

「まだまだあるから飲み込んでから喋りなよ。それにまた作ればいいだけだから、これは持って帰ってもいいよ？」

ガラス製の容器に入れたプリン10個をお土産に渡すと、満足したのか嬉しそうに帰っていった。

……どうやら本当にさっきの話を伝えるだけだったようだ。アルバスさんにでも頼めば済む話だと思うのだが。

「……ねぇヨミ。あのお嬢様、絶対そういうことよね」

「……間違いないわよ、ルナ。これは大変な人がライバルになるかもしれないわね」

「公爵令嬢ですよね……あの子」

「それがあんな……」

「「はぁ……」」

ルナとヨミも何か喋っているが、さすがに公爵家ともなると緊張でもしたのかな？

「ルナ、ヨミ。さっきのお菓子だけど、また作ってあげるから、今回はクッキーで我慢してもらっていいかな」

「「クッキーですか！」」

あれ、クッキーは知っているみたいだ。って、もの凄い勢いで食べてる。さっきも朝ご飯たらふく食べてたよね？　２人とも２回もおかわりしたよね？

……お菓子は別腹ってことかな。

ご飯も食べたし、そろそろルナの治療をしよう。

「ルナ、こっちに来て、ちょっと横になってもらってもいいかな？」

「はい、こうですか？」

「じゃあ、目を瞑っていてね」

腕を生やしたり、目を治すのは初めてだけど、できる気がする。ついでじゃないけどヨミも対象にしておこう。イメージは２人の悪いところが全て治るようにだ。

「パーフェクトヒール！」

おおおっ、さすがに魔力けっこう使うな。一気に５割くらい持ってかれたぞ。一瞬ふらついたけど、どうやらうまくいったようだ。

もの凄い光が落ち着くと、そこには真っ白な左手があった。

「「え……？」」

ヨミもルナもポカンとしている。そりゃそうか。急に腕が生えたらそりゃびっくりするよな。

「ルナ、具合はどうだい？　手も目もちゃんと治っているかい？」

「……左手があります！　それに、右目が見える！　はっきりとご主人様が見えます！」

「そうか、それはよかった」

「ふ、ふぇ～～～～ん‼　腕がある～～～‼　目が見えるよ～～～～‼」

このあと1時間くらい泣き続けて、ようやく落ち着いた。

「すみませんご主人様、取り乱してしまいました。しかし、ご主人様は回復魔法がお使いになれるのですね！　それも教皇様クラスの！」

「嗜む程度だよ。それにきっと教皇様ならもっとすごいんじゃないかな？」

教皇というのは帝国と王国に隣接している宗教国家ワイゼラスのトップである。なんでも奇跡の力を持つと言われているらしい。もしかしたら禁忌魔法とかも使えるんじゃないか？

「それでもすごいです！　この御恩は一生かけて返させていただきます！」

「あぁ、楽しみにしているよ。それじゃ、買い物に行こうか！」


結果から言うと、買い物は1日がかりになってしまった。

ベッドやキャビネット等の家具を追加で購入し、生活雑貨など必要なものも買い足した。

……というか女性の買い物を甘く見ていた。服屋での出来事だ。

「上下10着と下着好きなだけ選んでいいよ～」

女性なら上下10着でも足りないだろうけど、最初の買い物だからこんなものだろう。下着は何枚あっても困らないだろうから、好きなだけ買ってほしい。ゆくゆくは服もたくさん買ってあげよう。

「ご主人様、私たちは奴隷です。こんなに上等な服を着てよろしいのですか？」

「ルナは真面目だなぁ。ヨミなんてすでに選んでいるよ。それに、2人には可愛い服を着てほしいしね」

「わ、わかりました！」

「うんうん。じゃあ、時間もまだあるからゆっくり選んでおいで」

さてと、こっちはこっちでほしいものがあるからな。お、これこれ！　やはりメイドと言えばメイド服だよね！　洗い回す分も考慮しても、１人３着あれば十分かな？

「すみません、あの子たちの採寸をしたら、メイド服を３着ずつ作ってもらってもいいですか？」

「かしこまりました。生地はどうなさいますか？　ランクとしてはＡ～Ｄまでありますが」

「どう違うの？」

まぁ、最高品質のものを買うのは決まっているのだが、参考のために聞いておきたい。

「Ａが魔物から取れた糸のみで作るため、下手な防具よりも防御力が高いです。もちろん機能性にも優れます。Ｂは魔物から取れた糸を30％と綿や絹を配合して作られます。Ｃは綿と絹を配合して作られます。Ｄは綿のみとなります」

魔物の糸ってのは初めて聞いたが、魔力でも含んだ糸なのだろうか？　材料を集めて、それで服とかを作ってもらえるなら、素材集めをするのもアリかな。

「じゃあ、全てＡでお願いします」

「全てＡでございますか⁉」

「うん、いくらになりそうですか？」

「メイド服でとなりますと１着あたり白金貨３枚ですので、全部で白金貨18枚となります」

メイド服6着で1800万って考えると相当高い気がするが、魔物の糸のみで作ることを考えると妥当なのかもしれない。

「わかりました。白金貨20枚渡しておきますので、今彼女たちが買う服分も纏めての支払いとしてください。お釣りはいらないので、なるべく早く作ってほしいんですけど」

「か、かしこまりました‼ 特急で作成いたしますので、そうですね……。6日後に来ていただければお渡しができるかと思います！」

「わかりました、よろしくお願いします」

あとは彼女たちが服を選ぶだけだな。2人とも、昨日よりも顔に緊張の色が見られない。むしろ、今も楽しそうに2人で談笑しながら下着を見ていた。……雑貨屋でも行こう。


……え、もう2時間は経ったんだけど、まだ決まらないのか？

いまだに嬉しそうに2人で選んでいる。とても楽しそうだし、邪魔するのもなぁ。

……駄目だ、さらに1時間経ったが、決まる気配がない。仕方ないか。

「…………あと30秒以内に持ってこなかったら買わないぞ」

小声でぼそっと言っただけなのに、もの凄い勢いで買い物籠に服と下着を入れて来た。ちゃんと上下10着と下着が選んである。もしかしたら、最初から決まってたんじゃないだろうな……。でも、これだけ楽しそうならお小遣いをあげて、休暇を設けてあげたら勝手に買いに来そうだ。

「お待たせしました、ご主人様！ 遅くなってしまい申し訳ありません……」

「うふふ、可愛い服とちょっとエッチな下着を選びましたので、楽しみにしていてくださいね」

……うん、疲れがどっかに行ってしまった。

ヨミはだいぶ慣れてきた感じがあるな。まだ2日目だというのにすごい順応性だ。対してルナはまだ少し真面目さが抜けない。まぁ、時間の問題かな。ヨミとルナは性格が真逆な感じなのに、2人はとても仲が良い。むしろ、真逆だから仲が良いのかな？

「あ、そうだ。レブラントさんのとこに行ってルナとヨミを紹介しなくちゃ」

買い物もそこそこに、レブラント商会へと移動した。

「おや、アウル君。そろそろ来るころだと思っていたよ」

「レブラントさん、こんにちは。あはは、無事にこの子たちを迎えることができたので、その報告に来ました。レブラントさんのおかげでいい子たちに会えました。本当にありがとうございます」

「ふふふ、本当にいい子たちに出会えたみたいだね。私も鼻が高いよ。それに2人ともかなり美人のようだ。……いろいろと常識知らずな子だが、アウル君をよろしく頼むよ」

「「はい、お任せください」」

いや、待って。レブラントさんの言い方に棘があるのも気になるが、2人も受け入れないでよ。俺は常識的な10歳児ですって言い返してくれてもいいと思うんだけど。

「さて、アウル君。私も少し君に話したいことがあったんだ。この後、少し時間いいかい？」

「はい、大丈夫ですけど、どうかしたんですか？」

「……ここでは言えないから、場所を移そうか」

レブラントさんに連れられてきたのは、高そうな調度品が程よく置かれた応接室だ。小さい女の子がお茶を持ってきてくれる。名前は『ミウ』というらしい。隠しているみたいだけど、あの子は相当できる。足運びが尋常じゃないからね。まぁ、レブラントさんくらいの商人になったら護衛は必須なのだろうな。

ちなみにルナとヨミは俺の後ろに立って待機している。さすがにソファーには座れないと言うので、後ろで待機してもらっている。

「それで、話というのは？」

「アウル君は『赫き翼』というグループを知っているかい？」

赫き翼？　すごい中二病溢れる名前だな。

「いえ、知りませんが」

「……だよね。じゃあ、聞き方を変えよう。最近迷宮で４人組の冒険者を助けなかったかい？」

心当たりがめちゃくちゃある。確かに最近16階層で４人組を助けている。もしかしてあの人たちが赫き翼だったのか？

「心当たりがあるようだね。その４人組が赫き翼だよ。最年少でAランク冒険者に駆け上がった新進気鋭のパーティーさ」

「えっと、確かに助けましたけど、その人たちがどうかしたんですか？」

あの人たちに名前は名乗っていないから、身バレはしないはず。そりゃ、思わず故郷の名前は使っちゃったけどさ。

「その人たちがね、アウル君に恩返しがしたいと私のところに来たんだ」

なんでレブラントさんのところに辿り着いたんだろう。俺は名前を教えてないのに。

「なんで私のところに？　って顔しているね。実はメンバーに鼻のいい人がいたらしく、君からベーコンの匂いがしたそうだ。それでベーコンについて調べた結果というわけさ」

そうか、匂いまでは気が回らなかった。確かにメンバーに猫獣人がいた気がするな。

「君に会いたいと言っているから、会ってあげたらどうかな？　ここでAランク冒険者と縁を作っておくのも悪くないと思うよ？」

確かに、ここでAランク冒険者と仲良くなるのもいいかもしれないな。高ランク冒険者が知り合いにいれば、何かあったときに頼ることもできるだろうし、他言無用を守ってもらえればデメリットはあまりないだろう。

「そうですね……よく考えると悪くないかもしれません」

「そうか、良かった。じゃあアウル君の都合がいいときに会えるよう予定を立てるけど、いつが都合が良いかな？」

やりたいことはたくさんある。受験のための勉強もしたいし、ルナとヨミのレベリングもしたい。……メイド服が6日後に出来上がるし、受け取ったあとがちょうどいいか。

「そうですね、予定がちょっと立て込んでいますので、6日後の昼過ぎでもいいですか？」

「わかった。……私もその日は大丈夫だ。相手側には私から伝えておくよ。あと1つ確認したいことがあるんだが、最近迷宮で変わったことはなかったかい？」

「変わったことですか？　……そう言えば、迷宮の16階層でレッドオーガが出たんですけど、あの階層に出る魔物なんですか？」

「レッドオーガだって⁈　確かそいつはもっと下層に出る魔物のはずだ！」

やっぱり。あいつだけ異常に強いなとは思ったけど、そんだけ下層なら強いのも頷ける。

「とりあえず、何かが起こっているかもしれないというのは分かった。私はこのことを赫き翼を通じて、冒険者ギルドに報告しておくよ。あ、あと今月と来月分の羽毛代、白金貨80枚が用意できたから渡しておくね」

「わかりました。それじゃあ、今日のところは俺たちも帰ります。また6日後に来ますね」

お金は数えないで仕舞っちゃったけど、大丈夫だよね。

うーん、嫌な予感がする。食料はサギーシ商会から買ったのがまだまだたくさんあるけど、念のためにまた買い込んでおくかな。

夜ご飯は3人で仲良く作ることにしたので、からあげを教えてあげた。

初めて見る調理方法に驚きつつも、すごいスピードで習得していく2人は天才なのだろうと思った。ただ、ルナが油で揚げるときに驚いて可愛らしく叫んだのが良い思い出だ。

そのあとは、新たに買った家具を部屋に設置したところで、今日は寝ることになった。

……なんとなく不安なので、扉に鍵をかけておいたら、案の定、夜中にガチャガチャと扉から音が聞こえてくる。

「あれ？　おかしいな……。昨日は開いていたのに。ご主人様！　ヨミです、開けてください！」

何か聞こえた気がするが、気のせいかな。

俺まだ10歳。良い子は寝る時間だ。じゃあ、おやすみなさい。

「ご主人様〜〜‼」

ヨミの声が家の中に響いたのだった。

ep.13

レベリング

SIDE：第3王女殿下

「殿下、ご報告にございます。アリスラート様についていた監視ですが、執事長のアルバスによって撒かれたため、奇跡の料理人は発見出来なかった模様です」

「なんですって！　くっ……さすがは公爵家執事長アルバスね。年を取ってもなお現役だなんて。ですが、奇跡の料理人が王都にいるのは間違いなさそうね」

「この話とは別ですが、少々興味深い話を聞きましたのでご報告します」

「どんな話？」

「はい。実は、赫き翼という冒険者グループがベーコンについて熱心に調べているそうなのです」

「赫き翼って言うと、確か最年少Aランク冒険者パーティーよね？」

「その通りです。ベーコンを独占販売しているのはレブラント商会です。……また、クッキーを独占販売しているのもレブラント商会なのです。赫き翼がなぜベーコンについて調べているかはわかりませんが、昨日から急に調べるのを止めたそうです」

「もしかして……」

「そうです。このことから、もしかしたらベーコンの製作者を見つけたのではないかと。そしてこれは推測ですが、もしかしたらクッキーとベーコンの製作者は同じなのではないか？　というのが我々の見解です」

　確かにありえなくない話ね……。クッキーが品薄になったタイミングで、ベーコンや他の商品も品薄になったと聞く。……待てよ？　ということは、他の商品についても製作者が同じ可能性があるということか?!

「今すぐに赫き翼に監視をつけなさい！　目立った行動をしたらすぐに教えるように！　ただし、絶対に悟られては駄目よ。ほかにも有力な情報がわかったら知らせて！」

　思いがけないところにヒントがあったようね。ふふふふ、待ってなさい、奇跡の料理人！　私が必ず見つけ出してあげるわ！

SIDE：アウル

　今日は３人で迷宮へと来ている。なぜそうなったかというと、時間は今日の朝まで遡る。

　ルイーナ魔術学院用の勉強をしようと思ったのだが、なんと試験は簡単な国語と算数、武術と魔法の４教科のみらしい。

武術はなんでもいいとのことなので、身体強化した状態で杖術を使えば楽勝だろう。

国語も簡単な読み書きだし、算数は小学生レベルだった。

魔法に関しては、もはや悩む必要すらない気がする。我流だけど。

ということで勉強は直前に少しだけやることにして、早々にルナとヨミのレベリングをしようということになったのだ。

「ルナとヨミは、武器は剣と短剣で良かったの？」

「剣術ならば多少なりとも鍛えておりましたので、私はお許しいただけるなら剣がいいです」

「私もずっと短剣だったので、できれば短剣がいいですね」

なるほど。まぁ、最初の自己紹介でも特技でそうだと言っていたか。

とりあえずは冒険者登録をしてもらおうかな。

「2人には、まず冒険者登録をしてもらおうと思うんだけど、2人とも可愛いから絡まれる可能性があるので、この外套を着てもらっていいかな？　これで顔を隠しながら登録してほしい」

「……か、可愛い……⁈」

「うふふ、私のご主人様は天然のたらしね」

「そうね――って、私たちの、だからね！」

ルナとヨミは今日も仲が良さそうだ。ただ、俺は天然でもないしたらしでもないぞ。

「一応入り口らへんで待機しているから、何かあれば叫んでくれたら助けに入るから」

いざとなったら、狐のお面をして突入しよう。

「「かしこまりました」」

「じゃ、待ってるね。お金がかかるかもしれないから渡しておくね」

金貨10枚もあれば足りるかな？　足りなかったら呼ぶだろうし、大丈夫だよね。

冒険者ギルドの周りには、冒険者をターゲットにしたいろんな屋台が出ているみたいで、時間を潰すのには事欠かなそうだった。その中でも一際良い匂いのする肉串の屋台があった。店主はめちゃくちゃ厳つい顔をしたおっちゃんだ。

「おっちゃん！　肉串20本ちょうだい！」

「お、ボウズ。お使いかい？　えらいなぁ！　1本銅貨3枚だから、えっと……」

「銅貨60枚だよ、おっちゃん！」

「ボウズは算術ができるのか！　まだ子供なのにすごいなぁ！　1本おまけしてやろう！」

「ありがと、おっちゃん！　はい銅貨60枚！」

「ちょうどだね、はいよ！　肉串21本！　落とすなよ～！」

気のいいおっちゃんだった。なんやかんや初めて王都の屋台でご飯を買ったけど、お味はどうかな？

……うまっ!?　なんだこれ！　タレがめちゃくちゃうまいぞ！　ボリュームもすごいし、これで銅貨3枚は安すぎだろ！　惜しむらくは、肉がただのオーク肉だということ。肉がタレに完全に負けているのだ。あとは、顔が厳つすぎてお客さんがビビってしまって寄りついてこないことくらいか。

……肉を自前で持ち込んだら焼いてくれるかな？

「おっちゃんおっちゃん」

「さっきのボウズじゃねぇか。どうした？　まさか落としたか？」

「いや、違うよ。例えば自前でお肉を持ち込んだら、焼いてくれたりする？　焼いてほしいお肉があるんだけど……」

「まぁ、別に焼いてやってもいいが。なんの肉なんだ？」

「ハイオークのお肉」

「……ハイオークだって？　バカ言うなよ、あんな高いもん……え、本当に持っているのか？」

「ほら」

あ、また虚空から肉出しちゃった。……やっぱり驚くよね。こんな子供がアイテムボックス持ちとかさすがに変か？

「……ボウズ、その肉はどれくらいあるんだ？」

「えっと、正確にはわからないけど、１００kgはあると思うよ」

セーフ！　おっちゃんは肉にしか目がいかなかったみたいだ。

「ちょ、ちょっとずつでいいから卸してくれないか?!　対価は……全部は払えないかもしれねぇ。けど、俺はその肉で作った肉串を売ってみたい！　ボウズが買いに来たら毎回タダで焼いてやるし、今後もどんな肉でも焼いてやるから！　頼む、この通りだ！」

うーん、別にまだまだオークのお肉はある。それにここの肉串がもっと美味しくなるのならぜひ食べてみたい。それに、いつでもタダというのと、どんな肉でも焼いてくれるというのは悪くない条件だと思う。

「うん、いいよ。そのかわり、とびっきり美味い肉串を頼むね！」

「あ、あぁ！　任せてくれ！　恩に着る、これで妻と娘に少しは楽させてやれるぜ！」

まじか……こんな厳つい顔なのに妻子持ちとか。俺はそういう話には弱いんだよ。こうなればケチケチせずに大盤振る舞いだ。美味い肉とあのタレがあれば、顔が厳つくても流行るに違いない。

「じゃあ、とりあえずハイオーク肉を１００kgとサンダーイーグルの肉50kg渡しておくね。サンダーイーグルはサービスだよ！」

「サンダーイーグル？　鳥の魔物か？　良くわからんがこの肉も最高に美味そうなのはわかる！これについても研究しておくから、またぜひ来てくれ！」

うんうん、いい出会いだったな。王都にもあんなに気のいいおっちゃんがいるとは思わなかった。ついでというか、個人的に『ねぎま』が食べたかったので、肉と肉の間に長ネギを挟んだ料理もお願いした。サンダーイーグルで作った『ねぎま』など、考えただけで美味しい。そこにあの美味しいタレが合わされば、鬼に金棒だろうな。また近いうちに買いに来よう。

おっちゃんがサンダーイーグルについて調べて、その価値に驚愕するのはまた別の話。


「ご主人様、お待たせしました」

「うふふ、これで晴れて私も冒険者です！　あ、お金は余りましたのでお返ししますね」

肉串を食べながら待っていると、まもなく2人がギルドから出てきた。

「ちょうど良かった。じゃあ次は武器と防具を買いに行こう。実は行きつけの店があるんだ！　あ、残ったお金は2人のお小遣いにしといていいよ」

登録料は1人金貨1枚らしく、金貨8枚余ったそうだけどお小遣いにするにはちょうど良いだろう。これだけあれば服も買えるだろうしね。

屋台を見ながら武器屋へ移動すると、あっという間に目的地に着いた。

「ガルさーん！　いますか～？」

「なんだ、アウルか。今日はどうしたんだ？」

「実はこの2人用に防具と武器が欲しくて」

「ほう。ずいぶん上等な奴隷を買ったんだな。得物はなんだ？」

「私は剣をお願いします」

「私は短剣を2本お願いします」

「……ふむ、ちょっとまっとれ」

2人を見定めたのか、下から上までじっくりと観察していた。熟練した腕を持つドワーフは、その人を見ただけで最適な武器や防具を選ぶと言うけど、ガルさんは間違いなく一流だ。

待つこと10分くらいでガルさんが奥の部屋から出てきた。これで防具と武器は心配いらないだろう。

　俺もなにかいい得物があれば、買ってもいいかもな。杖以外の選択肢を持っておくのも悪くない。

　あれ？　これって……？

「ガルさん！　これって！」

「あん？　あぁ、そいつは刀って武器だ。最近、馴染みの武器商人が珍しい武器を売りに来てな。試しに買ってみたんだが、全く売れないんだ。どうせ売れ残りだから、そいつは金貨80枚でいいぞ」

　安い！　見たところ作りは良さそうだし、わずかだけど魔力も帯びている。この魔力は雷かな？

　正直、この刀が金貨80枚だなんて破格だぞ?!

「買った‼」

「こっちの2人も防具は大丈夫だぞ。使い手としてはまだまだ未熟のようだから、安全を鑑みても中級者用の軽鎧で十分だろう。どちらも金貨20枚だ。武器はどうする？」

「一番いいものをお願いします！」

「そうするとこれかの。剣はグランツ鉱石とミスリルの合金で白金貨4枚だ。短剣は2振りということなので、兄弟剣にしてある。片方は水、もう片方は火の属性を持っておる。こちらも白金貨2枚。全部含めて白金貨6枚にしといてやる。ついでにベルトと剣帯もつけてやろう」

「嬉しいけど、そんなにサービスして大丈夫なの？」

これだけの装備が全部で白金貨10枚と金貨40枚だというのだ。刀も含めてサービスして白金貨11枚だそうだ。こんなにサービスしてやっていけるのか？

「……実は、お主に頼まれて作った薪ストーブを自分用にも作ってみたんだが、あれは素晴らしいな！　だからその礼だと思ってくれ」

なるほどね。そういうことなら素直にサービスしてもらおうかな。

「じゃあ、遠慮なく！　また来るね～！」

ガルさんの店を出たら、２人が急に俺に頭を下げてきた。

「ご主人様……私たちのために、こんなに高価な装備を買っていただき、ありがとうございます。迷宮で精一杯頑張らせていただきます！」

「私も精一杯頑張ります。だから、しっかり見ていてくださいね？」

というわけで、さっそく迷宮へとやってきたのである。ナンバーズの迷宮は10階層まであれば初心者の冒険者でも入れるため、ギルドカードさえあれば入ることができる。

「ご主人様はどうやって入ってきたのですか……？」

「私たちは冒険者なので問題ないですが、ご主人様は未成年ですよね」

「あぁ、気配消して普通に歩いてきたよ」

「……ねぇヨミ、薄々思っていたんだけど、ご主人様ってかなり変？」

「……料理もできてお金もあって格好いいのに、もしかしたらかなり変かもしれないわね」

２人が何を喋っているかわからないけど、バカにされている気がする。……ともかく、下へ行こうかな！　俺でも20階層まで行けているし、15階層くらいからでいけるかな？

……いや、念には念を、ってことで少しずつ行ったほうがいいか。安全第一だな。

「じゃあ、当初の目標は10階層にしようか。俺は後ろから見ているから、２人で進んでみて！　危なそうだったら助けに入るから」

「「かしこまりました」」

ルナとヨミは思ったよりも凄かった。ルナが前衛でヨミは遊撃兼斥候。さらにルナは魔法もそれなりに使えるようだ。伊達に学院は卒業してないということかな。まぁ、詠唱ありきだけどね。

ヨミも気配察知の範囲がかなり広い。それに暗殺じみた攻撃方法ゆえか、敵に気づかれる前に殺ることも少なくない。ただ、一撃の威力不足が気になるところだ。

半日かけてなんとか5階層に辿り着くことができた。もちろん、他の冒険者に会わないように俺が調整はしているが。

「5階層のゲートキーパーはキングゴブリンだよ。気を抜かないように」

「もちろんです！」

「瞬殺してみせます」

有言実行というかなんというか、ボス部屋に入った途端にヨミの気配が希薄になった。同時にルナが水魔法で牽制してヘイトを稼いでいる。

そこからは一瞬だった。キングゴブリンは気づくことも出来なかったんじゃないかな。南無。

ヨミの暗殺術も、ルナの水魔法もかなりのものだ。

しかし、欠点もある。

「ルナは魔法を使うときに足が止まっている。それじゃあ、これより下の階層では太刀打ちできないだろう。ヨミは気配の消し方がまだまだ雑だ。あと、もっと大きな敵を倒す用の必殺技を持っていたほうがいい。２人には俺が魔法を教えてあげるから、ちょっとずつ覚えていこう」

「「かしこまりました、ご主人様」」

「じゃあ、ここから10階層までは俺が戦うから、後ろを警戒しながら付いてきて！　そして自分に合った戦い方を探してほしい」

この日、ルナとヨミの中で俺への認識が変わったと後で聞いた。『優しくて世間知らずなご主人様』から『優しくて世間知らずでめっちゃ強い常識知らずなご主人様』へと。

世間知らずと常識知らずって違うんですか？　皮肉ですか？　そうですか……。

「さて、これで10階層まで完了だけど、どう？　できそう？」

「「できるか‼」」

迷宮の中に２人の叫びが木霊した。

この日から、ルナとヨミにとって地獄の特訓が始まったのは言うまでもない。

SIDE：ルナ

ご主人様に言われるがままに迷宮に泊まり込むこと、はや数日。もはや今日が迷宮に潜ってから何日目かはわからない。ご主人様が使われる回復魔法は性能が良すぎるのか、回復していただくと、疲れもかなりなくなってしまうのだ。そのせいで、人間の限界を超えた迷宮攻略が可能となったのだ。今回の迷宮攻略で私が知ったのは、ご主人様は優しいだけじゃなかったということだ……。

ご主人様が最初、6～10階層を1人で踏破なさった。無詠唱で展開される魔法に見たことのない武術、魔法の多重展開は当たり前のようにするし、自分の目がおかしくなったのかと錯覚するほど現実離れしていた。

気づけば20階層に達しており、迷宮攻略が流れ作業のように進んでいた。私は夢でも見ているのだろうか？

しかも、絶対1回は私たちに攻撃させてから魔物を倒すというのを続けている。なんでも『れべりんぐ』というのをしているらしい。これをするだけで強くなることができるそうだが、本当にそんなことが可能なのだろうか？

その後も、もの凄いスピードで迷宮を踏破して行くご主人様。30階層に着くころにはなぜか自分の体が自分の物でない気がするほど、力に満ちていた。これが『れべりんぐ』の成果なのか？

不思議でならないが、ご主人様がすごいというのだけは嫌というほどわかった。

30階層で一旦進むのはやめて10階層へと戻ってくると、私たちに魔法を教えてくれた。

私はこれでもルイーナ魔術学院を卒業した身だ。それなりに魔法に対しての知識を持っていたと思ったのだが、あの魔法を見せられたせいで、その自信はすっかりどこかへと消え去った。

ご主人様から教わったのは至極簡単なものだった。

「いいかい？　魔法はイメージが全てだ。俺のイメージを教えるのは難しいけど、見せることはできる。だから、俺の使う魔法をしっかり見て覚えるんだ。粗方覚えたら全部解説して行くからね」

学院では詠唱とはなんなのか、詠唱をどれだけ理解できるか、どれだけ早く詠唱できるかなども学んだ。しかし、ご主人様の教えてくださる内容はその全てを否定するような内容なのだ。

そこからまた10階層から20階層へと下りて行くという。その間、私とヨミはしっかりと魔法のイメージを頭に焼き付けた。そのおかげで20階層へ着くころにはイメージだけは完璧だ。解説を聞いて、そのイメージはさらに強くなっていったと思う。

ヨミも同じのようだ。

ただ、人によって属性には向き不向きがある。私は水属性しか練習していなかったけど、他になにか使えるのかな？

だが、この悩みについても、適正属性をご主人様が教えてくれた。ご主人様はほとんど全ての属性が使えるらしく、私たちの体内の魔力を操って適正属性を試してくれたのだ。

……簡単に言っているけど、半端じゃないほどの魔力操作技術が必要なのをご主人様は理解しているのかな？　ほんとに世間知らずなご主人様だ。

私は水属性、氷属性、雷属性、無属性の4種類に適性があるらしい。一応風と土も使えることは使えるらしいが、不向きらしく無理する必要はないと言われてしまった。一番驚きだったのは、私は水属性よりも雷属性のほうが適性らしいのだ。私の学院生活はいったい……。

風属性と土属性はこっそりと練習しようと思う。

本来魔法は発動体になるものを身につけて使うのだが、ご主人様は特に必要としていない。杖を持っているのでそれが発動体だと思っていたら、普通に武器として使っていたので違うみたい。なので、私たちも発動体は使わないで訓練している。

練習の甲斐あって、地上へ戻るころには無詠唱で魔法を発動できるようになった。というか、そうしないと生きていけないような場所だったと言うべきか……。それに2つまでなら魔法を同時展開できるようになったのには本当に感動した！

そのおかげで私とヨミだけで、難なく15階層を突破できるまでに強くなったし、万全なら20階層もギリギリ突破できる。人間というのは限界を超える術があれば、ここまでできるんですね。

ご主人様には本当に褒められたし、頭をよしよしされた。

……これからももっともっと頑張ろう‼　ただ、当分迷宮は見たくないけど……。

SIDE：ヨミ

地獄の特訓が終わった。本当に地獄だったけど、ご主人様の凄さに気づけた4日間でもあった。

ご主人様の気配の消し方は、はっきり言って常軌を逸している。消えたと錯覚するほどなのだ。

コツを教えてもらい、練習して行くうちになんとなくやり方が分かった気がする。褒められてしまった。

頭よしよしってこんなに気持ちいいんだな……。我ながら単純だが、もっと頑張ろう‼

あの年齢で20階層をものともせずに行けてしまうご主人様は、本当に格好いい。胸がキュンキュンしてしまったので、どうにか責任を取ってほしいものである。

そんなことに気づかないご主人様は、私に魔法を教えてくれた。

私は水属性、土属性、風属性、無属性が使えるらしい。他には適性がないとの事なので、この4つを徹底的に覚えることにしよう。一応雷も使えるらしいが、著しく向かないらしい。

……うふふ、こっそり練習して驚かせようかしら。

ご主人様のおかげで私たちだけでも20階層までならなんとか行けるようになった。たった4日でだ。これは異常を通り越してありえない。言わずもがな、特訓は異常どころの話じゃないが。

これがご主人様の言っていた『れべりんぐ』というやつの成果なのだろう。私も無詠唱で魔法が使えるようになった。スラム出身の私がだ。ルナと違ってまだ多重展開はできないけどね。

もっと褒められたいなぁ……。

SIDE：アウル

とりあえず、最低限自分の身を守れるくらいには強化できたかな？　あと1日あるけどどうしようかな。帰ってゆっくり休んでも良いけど……。

でも鉄は熱いうちに打てっていうし、35階層まで試しに行ってみようかな？　たぶん3人がかりならいけるだろうし。

「ということで、35階層を目指そうと思うけどいいかな？」

「……なんの問題もありません」

「うふふ、うまくできたら褒めてくださいね？」

「あ、ずるいよ、ヨミ！　ご主人様、私も褒めてください！」

本当にいい子たちだ。絶対に守らなきゃ。ただ、ルナが若干暗い顔していたような……。まぁ、きっと気のせいだろう。

「よし、じゃあ行こうか」

31階層からは火山エリアだった。出てくる魔物も火耐性持ちばかりだったので、水属性か氷属性で攻撃すれば大ダメージが入るという、意外と美味しいエリアだった。

ただめちゃくちゃ暑い。というか熱い。溶岩も近くにあるので、下手すれば靴が溶けるくらいに熱い。どうにかしたいと思って、氷属性の魔力で全身を覆うイメージで魔力操作したらうまくいってしまった。それも若干寒いくらいに。

ルナとヨミには呆れられてしまったが、できたものはしょうがない。

31～33階層はレッサーリザード、イビルイール、レッドサイクロプス、レッドオーガが出てきた。どれも耐久値が異常に高かったが、倒せないほどではない。

レッドオーガってこんなに下層の敵だったのか……。16階層にいたのは絶対に異常だな。きっと、レブラントさんが原因解明をギルドに依頼しているだろうから、いずれわかるだろう。

結局、火山エリアは3人総出で水魔法やら氷魔法でゴリ押しした。近寄ったら火でも吐かれそうだし、レッドサイクロプスは図体がめちゃくちゃ大きかった。推定でも6mはあったんじゃないだろうか？

問題は34階層にいた魔物だ。本来ならすぐに魔物が襲ってきてもおかしくないのに、1匹も見当たらない。それに、気配察知や空間把握にも引っかからない。

不審に思いながらも慎重に進んでいくと、火山エリアの中央に1匹の魔物が座っていた。

いや、1匹というよりは1頭と言ったほうが正確かもしれない。

「レッドドラゴン……!?」

34階層にいたのはレッドドラゴンだ。しかし、苦しそうに息をしているように見える。頭を地面に伏せるようにして呻いている様子から察するに、正常な様子じゃない。

ドラゴンは高度な知能を持っていることで有名である。年を経たドラゴンは喋ることもできると言う。体長は10m以上あるみたいだし、きっとこのドラゴンは永い時を生きた個体だろう。

いくら魔法が使えるからと言って、人間がドラゴンに勝てるとは思えない。ここは意思疎通をとったほうが得策だ。

「えっと、大丈夫……ですか？」

意思疎通が取れるならどうにかできる可能性もあるが、見るからに具合の悪そうなドラゴンにそんな余裕があるのだろうか。

『なに……用だ。我は、もう……長くない。何者かによって……呪いを……かけられて、しまった。あと少し、で、意識を……がァッ……失って、ただの暴れる、だけの……うぐっ……魔物に……成り果てて、しまう。今の、うちに逃げ……ろっ！』

呪いだって？　ドラゴンにかけられるくらい強い呪いってあるのか……？　このまま見捨てたらいけない気がする。しかし、呪いってどうやって解除したらいいんだ？

「ご主人様、どうにかしてあげられませんか……?!」

「ルナ……。と言っても、さすがに呪いなんてどうしたらいいかわからんぞ？」

「呪いは本当に辛いのです……。しかし、呪いも万能ではありません。ドラゴンを呪えるほど強い呪いとなると、体のどこかに呪印があるはずです。それに対して聖魔力を注ぎ込めばなんとかなるかもしれません！」

……やけに詳しいな。ひょっとするとルナの出自に関係しているのかもしれないな。まぁ、今回に限っては助かるのだが。

「レッドドラゴンよ！　体のどこかに呪印があるはずだ！　心当たりはないか?!」

『うぐっ、我は、もう、……』

もう体が言うことを聞かないのか、大きな尻尾を振り回して俺たちが近づけないように妨害してくる。完全とは言えないまでも、時間はもうほとんどないに違いない。

「ご主人様っ、あそこ！」

ヨミが指を指したのは、背中の部分だった。

……あった！

「今、楽にしてやるからな！」

呪印があったのは翼の付け根部分。大きくないため、パッと見では全然わからなかった。しかし、確実にあれが呪印だ。嫌なオーラをビンビン感じる。

ぶっつけ本番になるのはあれだが、うまくいってくれるといいのだが。イメージは聖魔力を練りつつ、呪いを祓うような神聖なヒール。

「ふぅ。いくぞ‼　『セイクリッドヒール』‼」

Ｇｒｕｏｏｏｏｏｏｏｏｏｏｏｏｏｏｏｏｏ‼

大きな叫びとともに、ドラゴンは地面へ倒れ伏した。

「……えっと、間に合ったのか？　ついでに普通のヒールもしておくか」

『エクストラヒール』

……反応がない。

『エクストラヒール』

……やはり反応がない。

『エクストラヒール』

『……人の子よ、もう大丈夫だ。恩に着るぞ。ギリギリのところで自我を取り戻すことができた。……本当に、本当に感謝する』

「いや、いいんだ。放っておくこともできないからな。しかし、あんたほどの存在がなんで呪いなんかにかかっているんだ？」

　呪いを祓った今だからよくわかる。このレッドドラゴンは想像以上に強い。むしろ、呪いのおかげで弱っていたと言ってもおかしくないくらいだ。今は呪いの影響がない、純粋なレッドドラゴンの力を感じ取ることができる。

『我にもよくわからんのだ。もともと我はグランツ火山に住んでおったのだ。永き眠りについていたはずなのだが、ある時、体に違和感を覚えた。そのときは何なのかよくわからなかったのだが、その違和感は日に日に強くなっていった。そして、とうとう抗い難くなってきたため地上に迷惑をかけるのも嫌だったので、仕方なく迷宮内に移動してきたのだ。ここなら、魔力も豊富だし回復できると思ったのだが……恥ずかしながら、最近になってこれが呪いだと気付いてな。しかし、気付いたときには遅かったのだ。もういくばくも時間がないというときに、お主が来たというわけだ。……本当に感謝している』

　ということは、本当に間一髪だったってわけか。間に合ってよかった。

　……ん？　グランツ火山って言ったら確かグランツ鉱石が取れるところだよな。

　何か関係ありそうな気がする。調べてみる価値はあるかもしれない。

「というか、どうやって迷宮内に移動したの？」

『そんなもの簡単だ。人化して入ったに決まっているだろう』

　人化。そんなことできるのに、呪いは自分で解呪できないのか。案外、ドラゴンも万能じゃないんだな。

「ご主人様、おそらくこの呪いは触媒を用いたものです。このドラゴンさんの鱗か何かを触媒に呪いをかけたのでしょう。生え変わった鱗がちょうど付け根部分にありましたので、呪印がそこにあったのはそういう理由でしょう」

なるほど、そう言われると納得できる。しかし、そうなると犯人の特定はかなり難しそうだな。

「犯人の特定は難しいか？」

「かなり前だとすると、特定は難しいでしょう……。すみません」

「いや、ルナは悪くない。ちなみに、ドラゴンさん、違和感があったのはいつからなんだ？」

『正確には覚えてないが確か4、5年前くらいだったと記憶している』
4、5年前というと村でスタンピードが起こった時期と同じくらいか。
「わかった。俺たちも少し調べてみるよ。体調が戻ればグランツ火山に戻るのか？」

『そうだな、魔力が回復次第戻るとしよう。絶対に礼をするので、また我に会いに来てくれ』

「お、それは期待させてもらうよ。俺はアウルだ。こっちはルナとヨミ。よろしくな」

『かっかっか、まこと面白い人の子よ。我の名はグランツァール。また会おう、アウル』

レッドドラゴンことグランツァールは、溶岩の中へと潜って行った。

「なんか疲れちゃったから、早くゲートキーパーを倒して地上に帰ろうか」

「「はやく、お風呂に入りたいです、ご主人様」」

それじゃあ、手加減は必要ないな！

鉄貨を用意して魔力を込めると、雷が体の周りを迸る。

さっそく35階層に下りてボス部屋を開けると、そこには体長８ｍはありそうな大きな火蜥蜴。俗に言うサラマンダーってやつだろう。普通に戦ったら強いのは間違いない。

だが、普通に戦うつもりなどない。雷属性の魔力を球状に展開して、その中に両手で鉄貨を包むように構えてゲートキーパーへと向ける。展開した雷属性の魔力の中で磁界を発生させつつ、自らの体を魔法で身体強化しておくことを忘れない。鉄火を無属性魔力で包めば準備完了だ。

「超電磁砲《レールガン》！」

レールガンが通り過ぎたそこには、いつも通り大きな魔石と宝箱が残っており、サラマンダーなど跡形もなかった。

「どうせ種なんでしょ……ん？」

宝箱の中身はどうせ種だろうと思って開けてみたら、そこには光り輝くオーブが鎮座していた。

ep.14 ステータス

SIDE：？？？

「……様、ご報告が」

「なんだ、今私は忙しいのだが」

「件のレッドドラゴンの呪いが解除されたようです」

「なんだと⁈　あの呪いには何人もの生贄と、高い触媒を使ったというのにか⁈　間違いないのか！」

「間違いないかと。呪術師が昨晩、突然暴れまわり、衛兵に捕縛されております。おそらく、呪印が返された弊害かと」

　またもや私の計画を邪魔する輩がいるというのか……！　4年前といい今回といい、これでは私の長年の計画が水の泡になってしまう！

「ドラゴンの件に関わっていそうな人間を調べろ。確かあのドラゴンは迷宮に住処を変えていたはずだ。ここ最近で迷宮に入った冒険者を徹底的に調べあげろ！」

「承知しました」

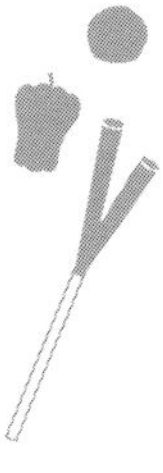

くそっ‼　あと少しでドラゴンの呪いが完成し、傀儡にできるところまで来ていたというのに！

……こういうときこそ落ち着かなければ。あれはあくまで手札の一つ。まだもう一枚強力な手札があるのだ。

「仕方あるまい、いささか早いが計画を実行に移すとしよう。これがうまくいけば……」

SIDE：アウル

宝箱を開けたら、種ではなく光り輝くオーブが入っていた。オーブとは言わば宝玉のようなものだが、俺はこれを知っている。

「ご主人様、これはなんなのでしょう？　今までは良くわからない種ばかりでしたのに」

「これは『ステータスオーブ』と呼ばれるものだ」

「ステータスオーブ……ですか？」

ルナもさすがにこれは知らなかったみたいだな。ヨミも頭を傾げているところを見ると、知らないようだ。

「ステータスオーブというのは、簡単に言えばその人の詳細な情報を数値化してくれるんだ」

「「……えっ？」」

やっぱり驚くよな。この世界にはステータスという概念がほとんど知られていないらしいし。

というか、鑑定という魔法自体存在しないからな。

「わ、私の体重もバレてしまうのですか⁈　……ご飯が美味しすぎて最近やばいのに……」

「うふふ、スリーサイズもバレてしまうのですね？」

……そうなのか？　そ、そこまで分かってしまうのか⁈　ふぉぉぉぉぉ⁉

いかんいかん、俺は紳士なのだ。こんなことで取り乱してはただの変態ではないか。

「俺も詳細までは知らないけど、とりあえず使ってみるか」

オーブを持って魔力を注いでみる。

【ステータスオーブを吸収いたしますか？】

もちろんYESだ。

オーブが眩いくらいに光ったと思ったら、オーブは色が抜けたように半透明なオーブになってしまった。

「良くわからんが、ステータスは見れるようになったのか？」

とりあえず、俺のステータスを見てみよう。

「ステータスオープン！」

◇◆◇◆◇◆◇◆
人族／♂／アウル／10歳／Lv.89
体力：8600

魔力：33500
筋力：350
敏捷：320
精神：480
幸運：88
恩恵：器用貧乏
◇◆◇◆◇◆◇◆

……なるほど。わかるのはその人のパラメーターのみか。思ったよりも使い勝手は良くない。鑑定みたいな使い方はできないけど、恩恵が何かわかるのは意外だったな。

適性魔法がわかるとか、所持スキルがわかるとかだったら文句なしだったが仕方ない。そもそもスキルという概念自体あるかわからないからな。女神様はこのステータスオーブがスキルのようなものと言っていたけど、このオーブ自体が特殊だから判断が難しいな。スキルオーブとかあったら面白いのに……。

それとも『ステータススキル』もレベルが上がると見られる項目が増えたりするのか？　実験が必要だな。まぁ、『ステータススキル』がレベル制ならだけど。

「残念ながら、体重やスリーサイズはわからなかったよ。けど、面白いものが見れるから教えてやる。ルナとヨミのステータスはこんな感じだ」

◇◆◇◆◇◆◇◆

人族／♀／ルナ／15歳／Lv.47

体力：4200

魔力：6500

筋力：170

敏捷：190

精神：310

幸運：20

恩恵：真面目

◇◆◇◆◇◆◇◆

◇◆◇◆◇◆◇◆

人族／♀／ヨミ／16歳／Lv.49

体力：3900

魔力：6200

筋力：190

敏捷：210

精神：280
幸運：45
恩恵：色気
◇◆◇◆◇◆◇◆

「「………」」

「これが2人のステータスだが、なんというか、この4日でかなり強くなったと思うぞ？」

「今まで誰にも言わなかった私の恩恵がバレてしまいました……」

「私の恩恵もです……」

余程バレたくなかったのか、2人とも体育座りでのの字を書いていじけている。

今更だけど、ルナの真面目さとヨミの色気は恩恵によるところが大きかったんだな。

なんか、ごめん。

「まぁ、俺の恩恵なんて器用貧乏だぞ？　元気出してよ。今度美味しいお菓子作ってあげるから」

「「絶対ですからね‼」」

全くもって現金な娘たちだ。チョロいことこの上ない。

それにしてもいいものを手に入れた。これがあればいつでも自分の強さを確認できるじゃないか。もう一度見てみよう。

……あれ？　見られない。まさか、回数制限があったとか⁈

これは迂闊だった……。少し舞い上がってしまったのかもしれない。たった3回しか見られない、なんてことはないだろうけど……。様子見が必要だな。

また見つかるかもしれないし、そのときは2人に使ってもらうとしよう。

「じゃあ、家に帰るぞ～」

「やっと帰るんですね！　お風呂早く入りたいです！」

「うふふふ、今日もお背中お流しします」

『清浄』などはしていたけど、久しぶりに入るお風呂は格別に気持ちがよかった。


朝目覚めると、やはり朝日が昇ったばかり。日課の鍛錬を終えてからリビングへ向かったのに誰もいない。ヨミとルナはまだ寝ているようだ。

「さすがに厳しくしすぎたかな？　朝ご飯は俺が作るか」

今日の朝ご飯はベーコンエッグ、サラダ、山盛りのパンケーキ、大量の肉串、ホットミルクだ。

少し肉々しい気もするが、ルナもヨミもお肉は好きだし、俺も好きなので問題ない。ちょうど料理が出来上がったころ、2階でバタバタと音が聞こえてきた。

「おはよう、匂いに釣られて起きてきたな～？」

「寝坊してしまいました、ご主人様！　すみません！」

「んふふ、ご主人様のご飯が食べられると思うと、寝坊も悪くないと思ってしまいます」

真面目のルナに色気のヨミ。うーん、なかなか個性的な面子が揃ってしまった。

「慣れない迷宮に籠りっぱなしで、疲れていたんだから仕方ないよ。冷める前に食べようか！」

「「「いただきます」」」

パンケーキにはクインからもらった蜂蜜をたっぷりとかけて食べたのだが、蜂蜜のおかげでパンケーキの味が一足飛びに美味しくなっている。美味しすぎて口へと運ぶ手が止められない。

「ご主人様、今日のご予定を聞いてもよほひいでふか？」

ルナよ、美味しく食べてくれるのは嬉しいんだが、せめて飲み込んでから喋りなさい。

「今日は特にやることはないかな。２人とも頑張ったし、今日は休日にしよう。お小遣いをあげるから２人で遊んでくるといいよ」

「お休みが頂けるのですか⁈」

「お小遣いまで頂けるなんて、ご主人様に買われてヨミは幸せでございます！」

「わ、私も幸せです‼」

こんなに喜んでもらえるとは。でもそうか、奴隷という身分だと休日をもらえることのほうが稀なのだろう。今後はもっと２人が働きやすい環境を作っていこう。ブラックなところは嫌だもんね。

「俺は少しやることがあるから、夕方くらいまでに帰ってきてもらえたらいいかな」

「「かしこまりました」」

顔には出さないようにしているみたいだけど、そわそわしているのは凄く伝わってくる。

「明日は、以前服屋に頼んでおいた服を取りに行くからね。ついでに、迷宮で特訓頑張ったから上下5着ずつ買ってあげるよ。下着も3着ね」

「……ご主人様は神か何かの生まれ変わりなのでしょうか？」

「うふふ、私はたまに自分が奴隷であることを忘れてしまいそうになります」

神は言いすぎだが、ルナもだいぶいい感じに慣れてきたな。冗談が言えるようになったのは進歩だと思う。……冗談だよね？　うん、そうに違いない。いい傾向だよな、本当に。

「とりあえず2人に金貨10枚ずつ渡すね。冒険者ギルドの登録のときに渡したのも使っていいから」

「「!?」」

あれ、反応が薄いな。少なすぎたか？

「えっと、少なかった？」

「「逆です！　多すぎるのです」」

なんだ、そっちか。もっとおねだりされるのかと思ってドキドキしたよ。

「多い分にはいいじゃないか。2人ともすでに自衛はできるくらいには強いんだし、ハメを外さない程度に遊んでおいで！」

「あ、ありがとうございます！　お土産を買って参りますね！」

「ふふ、私もお土産を何か見繕ってきますので、楽しみにしてくださいね！」

ルナとヨミは朝ご飯の片づけをした後、2人で楽しそうにお出かけの準備を始めた。

さて、俺もいろいろやらなきゃ。やりたいこととしてはざっとこんな感じか？

・ベーコン等の燻製の作成
・化粧水の作成
・石鹸の作成
・クッキーの作成
・醤油、味噌の作成
・ゴーレムの研究
・ワイン作成

……我ながらさすがに多趣味というか、いろいろ手を出しすぎて収拾がつかないな。まぁ、楽しいからいいんだけどさ。

お肉は売るほどあるし、薬草や花の種も迷宮で集めてある。クッキー作成なんて慣れたものだし、醤油と味噌はまだストックがあるから急ぐ必要はない。

問題はゴーレムの研究とワインの作成だ。

「ゴーレムはどうやったら作れるのかな～……」

迷宮の35階層で獲得したサラマンダーの魔石を使ってゴーレム作成を試みるも、全くうまくいかない。核となる何かが魔石じゃ駄目とか？　魔石で駄目となると、宝石？　水晶？　オーブ？

……オーブ！

今の俺には空になったステータスオーブがあるじゃん！

……これを核としてならゴーレムの運用はいけそうな気がする。これに俺の魔力を注ぎ込んでどうせ込めるなら俺の持てる属性全部を込めたらすごいものが作れそうな気がしてならない。

んんんんん～っ‼

「っはー！　駄目だ！　魔力がもう空だ。全力で注いでもオーブに反応はなし。でも、魔力を吸収はしているみたいだから、この調子で注ぎ込んでいけば何か作れそうだ。ひとまず根気よく続けてみよう」

本屋で買った錬金術の本には、ゴーレムについては何も記されていなかったから、完全に行き当たりばったりでの試行錯誤になる。いつかは完成させられるといいな。

次はワインだけど……肝心の葡萄がないから諦めるしかない。まだ小樽で何個かあるし。次のシーズンで庭に種を播けばいいよね。大量には作れないけど、今後ちょっとずつ作って熟成させていこう。

よし休憩！　今ころルナとヨミは何しているかな？


夕方になると2人はちゃんと帰ってきた。それも大量の荷物を持って。お土産にしては多すぎだよな。買い物したにしても多すぎる気がする。

「おかえり2人とも。すごい荷物だけど、全部買ったの？」

「ええっと、話せば長くなるんですが、簡単に言うともらいました」

「たくさん貢いでもらいました。あ、もちろんご主人様一筋なので安心してください」

え……この量をもらった？　軽く20ℓ入る麻袋が8個はあるんですが。ヨミが言うように、貢いでもらったとしてもいつの間にそんなファンを作ったんだ。

なんというか、ルナとヨミ、恐ろしい子‼　よく見ると防具とか剣、他にも大量の冒険者用の道具があるのは気のせいじゃないよね⁉

あとは大量の食材か。こんなにたくさんどこから仕入れてきたんだ。

「しかし、王都というのは存外治安が悪いのですね」

「うふふ、歩く貯金箱が多くて捗りました」

何があったか理解できたぞ。なにはともあれ、強く鍛えておいて良かったかな！

「ご主人様、これは私たちからです」

ルナとヨミから渡されたのは金色の指輪だ。それもかなりお洒落なやつ。

「これどうしたの？　渡したお金では買えなさそうだけど」

「うふふ、それは内緒ですよ、ご主人様。乙女の秘密というやつです」

はぐらかされてしまったが、俺にはわかるぞ。さっきヨミは歩く貯金箱が多いとか言っていた。要は、悪漢から巻き上げたのだろう。良いことではないのかもしれないが、これで治安が良くなるなら目を瞑ろう。ちゃんと衛兵に突き出しているだろうしね。

もらってばかりはあれだし、近いうちに俺からも何かプレゼントしよう。指輪をもらったから、アクセサリーがいいかな？

どうせなら何か能力の付いたものがいいよね！　買ってもいいけど、いいモノがそんなに簡単に見つかるとも思えない。

…………。

仕方ない、作るか！

能力が付与されたアクセサリーの作り方は、錬金術に載っていたのでなんとか作れそうな気がする。今日は徹夜かなぁ。

「ありがとう、本当に嬉しいよ。俺からも今度、何かプレゼントするから楽しみにしてて！」

「お気持ちだけでけっこうですよ、ご主人様」

「私たちは返しきれないものをもうすでにもらっていますもの」

「いや、俺があげたいんだ。だから、そのときが来たら受け取ってくれ」

「かしこまりました、ご主人様！」

「ふふふ、楽しみにお待ちしていますね」


というわけで、ルナとヨミが寝静まったころ、一人迷宮へとやってきた。場所は34階層。

「おーい、グランツァールいる～？」

34階層は相変わらず魔物の気配がない。きっとグランツァールが食べたり殺したりしているんだと思う。あとはどこかにひっそりと隠れているとかね。

『どうしたのだ、アウル』

「えっと、この辺で希少な鉱石とかあったらほしいんだけど、何か知らない？」

『……希少な鉱石ならば、なんでもよいのか？』

「錬金術で能力付与された指輪を作ろうと思っているんだけど、それに使えそうなら助かるかな」

『であれば、我の収集した鉱石から好きなものをいくつか持っていくといい』

「え、いいの？　って、ドラゴンって鉱石とか収集するんだね」

『なぜだか知らんが、希少なものや綺麗な鉱石を見ると無性に集めたくなってしまうのだ』

もしかして、グランツ鉱石が最近火山から取れるようになったのって、グランツァールが火山から迷宮に移動して、鉱石を収集されることがなくなったからなんじゃ……？

たったひとつの真実を見抜いてしまった。ちょうど見た目が子供で頭脳は大人だからね。

『ほら、どれにする。好きなものを持っていくがよい』

「俺は鉱石なんて見てもわからないから、おすすめなのを何個かもらえればいいよ」

『であるか。ならば、アウルには世話になったし、とっておきをくれてやる。アダマンタイトと神銀、それにミスリルを持っていくがよい』

「なんだか良くわからないけど、凄そうだというのは分かったよ」

聞いたことがあるのは、ミスリルくらいだし。そもそも神銀とミスリルって別物なんだね。

『おすすめはアダマンタイトを核にして神銀で指輪を象《かたど》る。それをミスリルでコーティングするのだ。そうすれば唯一無二の指輪ができるだろう。魔法の触媒としても使えるしな』

おぉ、これ以上ないくらい指輪向きの鉱石じゃないか。作り方まで教えてくれるとは、なんて優しいドラゴンだ。下手な錬金術の本よりも有力な情報だ。

「ありがとう、グランツァール！　助かったよ‼」

『よいよい。我が受けた恩はこんなものでは返しきれないほどに大きいからな。またいつでも来るといい。あと1年はここでゆっくり療養する予定だからな』

そう言いながら、まるで海にでも潜るかのように溶岩の中へと沈んでいった。

「鉱石をもらったはいいけど、こんなにいらないよな。ドラゴンの指標だと50kg程度は普通なのか？　まぁ、余ったらガルさんに頼んで武器でも作ってもらえばいいか」

グランツァールからもらったのはいずれも50kgくらいの塊だった。神銀に至っては、全部売れば王国の国家予算1年分くらいの値段になるのを後で知り、気が遠くなる思いだった。売って余計なリスクを背負いたくないので、売る気はないいんだけどね。


そんなこんなで夜中に指輪の作成に挑み、満足のいくものができたのは朝方だった。作った数は全部で4つ。自分用とルナとヨミ、あとはミレイちゃん用だ。これは、あとでレブラントさんに村まで配達してもらう予定でいる。

「ふわぁ……さすがに眠いな……」

さっきから欠伸が止まらない。子供の体っていうのは、寝ないと行動もままならないんだな。回復魔法をかけて体力は戻っても、眠気が完全になくなるわけじゃない。

ということで、お休みなさい。

結局俺が起きたのは寝て2時間くらいしたころ。なんとなくいい匂いがしてきたので起きてしまった。お腹は正直だ。

「お腹すいたな……」

匂いに釣られるように、リビングへと下りていく。2人はいつもこういう気持ちだったのか。

「おはよ～」

「「おはようございます、ご主人様」」

ご飯はすでにできており、俺が来るのを律儀に待っていたみたいだ。

「今日は遅くなってごめんね。せっかく作ってくれたご飯が冷めるのも勿体ないし、食べようか！」

今日の朝ご飯は、卵と味噌の麦粥、葉野菜のおひたし、魚の干物、ベーコンステーキだった。

教えていないのに味噌をここまで扱えているのは、ひとえに彼女たちの努力の賜物だろう。

もちろん全部美味しかった。

「ルナとヨミに渡すものがあるんだ。はいこれ」

「え……？　これは、どうされたのですか？」

「可愛くて綺麗ですが、もの凄く高そうです」

「いや、2人にもらった指輪が嬉しくて昨日の夜、作ってみたんだ。有り余る魔力にものを言わせて加工したんだけど、案外上手にできているでしょ？」

デザインは前世の知識をフル活用し、指輪全てが違った外見をしている。付与した能力は全部一緒だけどね。

「ご主人様がお創りになられたのですか……なんというか、さすがご主人様です」

「うふふ、とっても綺麗です。ありがとうございます。一生の宝にしますね」

「私も一生の宝にします！」

「それは一応だけど、魔法の発動体としても使えるからぜひ試してみて。他にも何個か制限付きだけど魔法を付与してみたよ」

ざっとこんな感じだ。

・自動多重障壁展開（5層）
・アイテムボックス　10m×10m、500kgまで
・身体強化　1・2倍
・空間把握　半径50m

「「………」」

開いた口が塞がらないというのはこういうときに使うんだろうな。せっかく美人な顔なのに、とってもアホ面になってしまっている。

「凄すぎて言葉にできません……」

「ここまで私を想ってくれていたのですね！　今夜お邪魔いたします！」

ヨミの中からルナが消えているように思えるのは、気のせいじゃないだろうな。間違いなく鍵をかけて寝なければ、俺の貞操が危ない。

でもこれで何かあっても、２人が危険に晒されることは少ないだろう。

それにもう一つ追加の機能があるが、今はまだ内緒だ。

「さて、朝ご飯も食べたし服屋へ行こうか！　あんまり選ぶ時間はないけど許してね！」

「その点はぬかりありません！　昨日のうちにほしい服はリサーチしておきましたので！」

「ふふふ、似合っていたらたくさん褒めてくださいね」

いつの間にか逞しく育ってしまった……。迷宮でしごき過ぎただろうか？

すぐに服屋へ行ってメイド服を受け取り、さっそく着てもらったがやはり似合う。どちらも個性が出ていて可愛らしい。

「うん！　とてもよく似合っているよ！　家の中や迷宮ではそれを着てほしいんだけどどうかな？　性能も魔物の糸をふんだんに使ったから、折り紙付きだしね」

「とっても可愛いです！　着心地もいいですし、それにご主人様の奴隷って実感できるのでなんだか嬉しいです！」

「うふふ、奴隷メイドだなんてご主人様も男の子ね。今夜楽しみにしていてくださいね」

メイド服が嬉しかったのか２人とも暴走気味だな。これは本当に俺の貞操が危うい気がするぞ。

この流れは危険なので、話を逸らすに限る。

「……はやく服持ってこないと買わないぞ～？」

ヒュン‼　という音が聞こえたかと錯覚するほどの速さで会計へと服を持ってきた。

……店員さんもちょっと引いているぞ。

にしても、ここの服は安い。オーダーメイドは高いが既製服は安い。なのに、質は良い。

まさにお値段以上だ。服屋の名前は……『ニトル』。なんか惜しい‼

次はレブラントさんのとこか。確か『赫き翼』の人たちがいるんだったな。

無事に終わるといいけど。

しかし、俺の思いは届かない。


「レブラントさん、お久しぶり？　です。時間は大丈夫ですか？」

「やぁ、アウル君！　少し早いくらいさ。もうそろそろ来るはずだよ。あ、ほら噂をすれ……ば⁉」

レブラントさんが急に何かを見て固まっている。どうしたんだろう？

通りを覗いてみると確かに迷宮で見た4人組がいた。そしてその4人の真ん中に、見るからに高そうな服を着た場違いの女の子が1人いる。

俺とヨミが誰なのかと思案していると、爛々と目を輝かせたその女の子は、俺に近づいてきて声高々にこう言った。

「あなたが奇跡の料理人ね？　やっと見つけたわ！」

ep.15 破天荒な王女

初めて会った女の子はアリスと同じくらい可愛くて、目がくりっとしているとびきり美人な女の子だった。しかし、その可愛い口から出た言葉は、全くもって可愛くないし、聞きたくない言葉であった。この子がなにを根拠にしているかわからないが、確証はないはずだ。

「いえ、人違いです」

「あら、そうなの？　なーんだ。……って騙されないわよ！」

ちっ、さすがに騙されてはくれないか。

「殿下、平民には殿下を知らない輩もいるようです。なので、自己紹介をされればよろしいかと」

女の子の付き人と思われる、侍女らしきおばさんが的確なアドバイスをしている。

「私としたことが少し興奮しすぎたようね。遅ればせながら、私はライヤード王国の第３王女『ライヤード・フォン・エリザベス』よ！　……ごほっごほっ」

なんとなく予想はしていたけど、王女殿下だったか。アリスが言っていたのは、この子のことだったのだろう。しかし、よりにもよって王女殿下とは好都合じゃないか。

「私はアウルと申します。しかし、なぜに私が奇跡の料理人だとお思いになられたので？」

ヨミがこちらを怪訝そうな目で見ている。

……いや、俺だって敬語くらい使えるからね？　あまり得意ではないけど。

「そんなのは簡単よ。赫き翼がベーコンの製作者を突き止めたという噂を聞いたから、同行させてもらったの。ベーコンとクッキーは製作者が同じだと推測していたからね」

なるほど……。頭はかなり切れるようだな。舐めてかかると痛い目を見そうだが、結局はお菓子が食べたいとかそんな理由だろう。わざわざこんなことせずに普通にレブラント商会で買えばいいのに。こんなことで権力を振りかざす必要はない。

赫き翼に視線を送ると、気まずそうに下を向いていた。まがりなりにも、命の恩人を売るような形になって相当気まずいのだろうな。しかし、王女殿下という権力を前にして、言うことを聞かざるを得なかったか。

……俺の嫌いなタイプだな。立場や身分に笠を着て、好き放題やるというのは許せない。

「それは推測であって、確証がないように思えますが」

「貴様！　殿下に向かってその態度はなんだ！」

「確証のないことで一般人を詰問するようなやり方が王族のやり方なのですか？」

俺と同い年くらいに見えるというのに、ずいぶんと権力に溺れているな。この侍女が悪いのか？

「いいのよ、婆や。確かにこのやり方は悪いと思っているわ。でも、私も奇跡の料理を食べてみたいのよ！　私は王族だから、友達の誕生日パーティーでも参加できないの……贔屓だとか言われるし、主賓より目立っちゃうから。けど、アリスは公爵家。基本的に貴族は全員が参加できるの」

　なんとなく彼女が言いたいことがわかってきた気がする……。

「要は、たくさんの貴族が美味しいご飯やお菓子を食べたというのに、私が食べていないというのは不公平よ‼」

　あぁ、やっぱり。こんなこと言っているけど要は羨ましいんだ。それならそうと、最初からそう言ってくれよ、わかりにくい。権力を振りかざしたことを悪いとは思っているみたいだし、その点に関しては許そう。

「そういうことだから、私にも料理やお菓子を作りなさい！　腕前次第では私が召し抱えてあげてもいいわ。そこの奴隷2人ともね。え……？　あ、いや。どうかしら、悪い話ではないはずよ」

　ルナを見て一瞬固まったように見えたが気のせいか？　心なしか動揺しているようにも見えるが。……気のせいか。ルナは平然としているし、考えすぎか。

　王族に召し抱えてもらえる場合、普通の平民なら諸手を挙げて喜ぶのだろうが……。

「いや、私は誰かの下に付くつもりはないんです。アリスの誕生日パーティーを手伝ったのは、ちょっとした借りを返しただけですので。それに報酬はきっちりもらっていますので」

「むむむ……。ちなみにいくらもらったのよ。ごほっ」

　これは言ってもいいのか？　まぁ、いいか。公爵家に聞けばわかることだろうし。

「……白金貨３００枚です」

…………

場を静寂が支配した。ルナとヨミは指を折って肉串が何本分なのか換算している。赫き翼に至っては白目を剥いてしまった。もらった当時も思ったけど、やっぱり多かったんだな。

「ふ、ふーん？　まぁまぁね！　だったら私はその倍の白金貨６００枚出すわ‼　だから私の下に付きなさい！　ごほっ」

「白金貨６００枚……悪くないですね」

「そ、そうでしょ？　じゃあ――」

「――だが断る‼」

一度は言いたかった台詞が言えてしまった。ちょっとこれは感動ものだな。しかも、言った相手は王族。これに関しては全くもって悔いはない。おっと、衝撃的すぎたのか、王女は目を点にして放心している。

「黙って聞いていれば図に乗りおって！　殿下に対する無礼の数々、殿下が許してもこの私が許さんぞ、クソガキが！　不敬罪で処罰するぞ！」

侍女のおばさんがキレ出して、どこかに隠し持っていた短剣を振りかざそうとしているが、王女はまだ放心しているのか止める素振りはない。いや、むしろこれも作戦のうちなのかな？　いくら優しい俺でも、すぐに暴力に走るタイプの人間は嫌いだ。

「魔力重圧《プレッシャー》」

「なっ⁉」

おばさん目掛けて、だいぶ昔に作った魔法を放つ。濃密な魔力で相手を威圧するだけの魔法だ。一定の強さを持っていればあまり意味はないが、このおばさん程度ならちょうどいい。王族の侍女に使うような魔法ではないが、身分をひけらかすようなやつは好きになれないからな。……これは正当防衛だし、手は出していないので暴力ではない。

「剣に手をかけるという意味を理解しているんだよな？　それは遊びの玩具じゃないんだぞ」

とは言ったものの、本当に王女殿下付きの侍女を切るわけないけどな。

「アウル、私の侍女が失礼したわ。どうか許してあげてほしいの。私を慮《おもんばか》ってのことなのよ。どうにも私のことになると、自制が利かないらしくて……」

いつの間にか復活した王女が侍女を庇っているが、さすがにあそこまで濃密な魔力の波動を浴びれば意識も戻るか。というか、やっぱり侍女の行動を止めなかった節すらある。ほんと食えない王女様だ。

「まぁ、わからないでもないですが。次はないですからね」

……白けた雰囲気の中、王女殿下は俺のことを見つめてくる。

「……アウル、やっぱりお菓子の件、どうしても駄目かしら？」

場の凍った空気を壊すように、王女が言ったのはお菓子について。思ったよりも諦めが悪いな。

「いや、だから――」

「――どうしても、駄目……？」

上目遣いかつ胸を絶妙に強調しながら聞いてくる王女は、控えめに言ってもかなり可愛かった。

不意にやられたせいか、完全に毒気を抜かれてしまった。……いつの世も、可愛いは正義ってか。我ながらチョロすぎる。

「はぁ～……わかったよ。とりあえず、マドレーヌをあげるから今日は勘弁してくれ。それと、あんまり敬語は得意じゃないんで、大目に見てくれると助かる」

「わぁ……！　とっても美味しそう！　お菓子ももらったわけだし……？　わ、私たちは友達よね？　友達なら敬語は不要よ！」

なぜそこで頬を染める。俺は王族とのフラグなどいらんぞ。

「……殿下はあまり友人がおられないので、新しい友人ができたことが嬉しいのかと」

いつの間にか復活していた侍女が、耳打ちするように俺に話しかけてきた。さっきまで苦しそうにしていたのに。しかも、さっきまであった敵意のようなものが一切感じられない。さっきまでのは演技だったとでもいうのか？

不審がっていたら侍女が淡々と答えてくる。

「殿下に擦り寄ってくる輩は後を絶ちませんので、気分を害してしまったら申し訳ありません」

……王女殿下が言うように、殿下のことを慮っていたってことね。

「俺は今から赫き翼と話があるんだ。お菓子はまた今度な」

「じゃ、じゃあ……？」

「王女様の部下にはなれないけど、たまにならお菓子を作ってもいい。もちろん報酬はもらうけどね。とりあえず、今度からはレブラント商会に遣いをくれれば、お菓子を作るよ」

「それでいいわ！」

「ただし！　俺のことは他言無用で頼む。これは絶対守ってほしい。破ったら白金貨１００枚だからな。ほら、これがマドレーヌというお菓子だ」

「他言無用ね！　わかったわ！　ふふふ、これも美味しそうなお菓子ね。帰ってお茶と一緒にいただくわ。そうだ、アウルはルイーナ魔術学院には入るの？」

「一応受験はするつもりだけど……あれ、なんで俺が10歳だと？」

「ふふん、それは私の恩恵によるものよ！　そこの奴隷もずいぶんといい指輪を持っているみたいだし、さっきの魔法もそうだけどアウルは只者じゃなさそうね。とりあえず今日のところはこれで失礼するわ。私もルイーナ魔術学院には来年から通う予定だからお菓子が食べ放題ね！　それじゃあ、また会いましょう」

そんなことがわかる恩恵があるのか。鑑定という魔法がない代わりに、恩恵という形でなら見られることもあるんだな。

「さっきから咳をしていたみたいだけど、風邪引いているならちゃんと治せよ」

風邪を引いているはずなのに交渉しに来るとは、どんだけお菓子が食いたいんだよ。

「さてと、いろいろあったけどとりあえず話を聞くよ。レブラントさん、どこで話しますか？」

「その前に、アウル君。やはりウチで働きませんか？」

「一応聞きますけど、なんでですか？」

「簡単なことさ。最後王女様にレブラント商会に遣いをやれと言ってくれたね？　これからきっと何度も王女の遣いが我が商会に来るだろう。そうすれば、商会自体に用がなくても周りは勝手に王族御用達の店なのでは？　と思い始めるだろう。それは商人にとってこれ以上ないほど有利に働くからさ。そんな機転を咄嗟にするアウル君が欲しくなったってことだよ」

あぁ、そういうことか。王族とのパイプがレブラント商会にあったらいいな、くらいには思っていたけど、そこまでは考えてなかった。

というか、本当は面倒ごとを全部レブラントさんに丸投げしただけなんだけど……いい形で終わりそうだし黙っておこう。

「はははは。買いかぶり過ぎですよ」

ほんとに。

「まぁ、この話はまた今度しよう。とりあえず応接室を用意してあるから、そこへ行こうか」

レブラントさんに連れられ、応接室へと案内された。座ったと同時に女の子がお茶を人数分用意してくれるが、相変わらず美味い。どうやって淹れているのかな？

「とりあえず先に謝らせてくれ。他言無用と言われていたのに、王女様を連れてきてしまった。本当に申し訳なかった！」

「いえ、王女様に言われたのでは仕方ありませんよ。今後気を付けてもらえればいいですから」

「すまない、そう言ってもらえると助かる。じゃあ、気を取り直して自己紹介をさせてくれ。俺は『赫き翼』のリーダーのクライン、ドワーフのゴルドフ、人族のリリーナ、猫人族のユキナだ」

「俺の名前はアウルと言います。２人はルナとヨミです」

「アウル君、と呼ばせてもらうよ。正直、迷宮の16階層で俺たちは死を覚悟した。いろいろ聞きたいことはあるが、今となってはどうでもいい。助けてくれて本当にありがとう！」

「「「「ありがとう！」」」」

４人は頭を地面に付きそうなほど下げて感謝してくれたが、ここまでしてもらう必要もない。

「頭を上げてください。俺は冒険者じゃありませんが、迷宮の中では助け合いだと思います。だからたまたまですよ。ただ、俺が迷宮内にいたことだけは他言無用でお願いします」

「そうだとしてもよ。私たちはあなたに助けられた。その結果に変わりはないの。だから、感謝を受け取ってほしい。もちろん、命の恩人のことは誰にも言わないわ」

リリーナさんが言うことはもっともだ。俺も同じ立場だったら絶対に筋を通すだろう。やはり冒険者というのは良いな。貴族とは全然違う。もちろん、貴族の全部が全部悪いとは言わないが。

「わかりました。感謝を受け取っておきます。きっとそんなに義理堅い貴方たちのことだから、恩返しがしたいとか言うんでしょ？　今回のことは貸しということにしておきます。いつか返してもらいますから、そのときまでに強くなっておいてください。俺が助けてほしいときに、貸しを返してください」

「おう、それでいいぜ。それに俺たちは絶対にSランクになる予定だ。そうなれば貴族様でも俺たちにはそう簡単には文句も言えないしな。いつでも力になるさ！」

「儂もそれでいいぞい」

「私もそれでいいわ」

「それでいいにゃ！」

ひとまずこれで縁は作ることができたかな。

「あの、いくつか聞きたいことがあったんですけどいいですか？」

「なんでも聞いてくれ」

「そもそも、なんであのときクラインさんたちは死にそうになっていたんですか？」

「あぁ、それはレブラントさんにも説明したんだが、ちょっと長くなるが最初から説明させてくれ。俺たちは普段、交易都市シクススを拠点に活動しているんだが、指名でフィレル伯爵の屋敷まで荷物を届ける護衛依頼を受けたんだ。依頼料は破格の値段だったし即決したよ。運ぶ荷物ってのは教えてもらえなかったけど、見たことないようなバカでかい荷馬車だった。馬も４頭引きのかなりゴツいやつでな。何事もなく王都に着いて無事に依頼完了だったんだが、感謝の印だとか言ってポーションをもらったんだよ。そんで、どうせ王都に来たなら迷宮番号４に挑戦してみたらどうだ、と勧められてな。Ａランクに上がったばっかりだったし、腕試しがてら行ってみようとなったんだ。

それでなんとか15階層までクリアすることはできたんだが、それなりにボロボロになったから、16階層だけ下見してから帰ることにしたんだ。特に傷ついていた俺以外の３人がもらったポーションを飲んで16階層を見ていたら、３人が急に体調が悪くなってきたって言うんで、急いで帰ろうとしたんだ。だけど、そのタイミングでモンスターが襲ってきて、死にかけていたところに、ちょうど現れたのがアウル君ってわけだ。ざっくり言うとこんな感じかな？」

「なるほど……」

３人が体調を崩した理由っていうのは、間違いなくポーションのせいだろう。何かしらの毒でも配合されていたと考えるのが妥当だ。

ん……？　ヨミが赫き翼の話を聞いて、顔を青くしていた。

「ヨミ、どうした？」

「ご主人様、発言をお許しください。私が以前、依頼主に嵌められて死にかけたとお話ししましたよね？　私が嵌められたときとその状況や、やり口がそっくりすぎるのです！　今言われて思い出しましたが、私のそのときの依頼主も確かそんな名前の貴族だったと思います！　それに、私も運んだのです！　アザレ霊山と言うところに大きな荷馬車を！　……中身を私は見てないですが、死んだ仲間が言っていました。見たこともないようなバカでかい蜥蜴のような魔物だったと！」

アザレ霊山だって……？　それにバカでかい蜥蜴っぽい魔物って、心当たりがあるぞ。

「……それってちなみにいつころか覚えてる？」

「あれは確か、４年くらい前だったかと思います」

４年前っていうと、オーネン村でスタンピードがあった年だ。そして、バカでかい蜥蜴で思い当たるといえば……ヨミが運んだと言うのはエンペラーダイナソーか⁉

証拠はないし確証もない。けど、こんな偶然あるのか……？

もしエンペラーダイナソーを運ぶよう指示したのがフィレル伯爵だとすると、４年前のは俺が倒してしまった。

てことは、今回また同じようなことをしようとしている可能性があるかもしれないってことか？　全てが推測に過ぎないけど、これを偶然の一言で終わらせてはいけない気がする。

「ご主人様……？」

「あ、すまん。考え事してた。これはここだけの話にしてほしいんだけど、俺はアザレ霊山にほど近いオーネン村というところの出身だ。そして４年前、俺の村の近くでスタンピードが起こった」

「まさか……！　す、すみません！　私そんなつもりじゃ……！」

ヨミは気づいたのか顔面蒼白になって泣きそうな顔をしている。

「分かっている。おそらくだがそのスタンピードが起こった理由ってのが、エンペラーダイナソーって魔物だったんだ」

「「「っ‼」」」

その場にいたほとんどの人間は知っていたようだ。エンペラーダイナソーは本来、昔に絶滅したと言われている魔物だということを。

もしかしたら辺境にはバレないでいるかもしれないが、さすがにそれだと話がうますぎる。

「俺の推測でしかないけど、フィレル伯爵が王都に運び込ませたのは、エンペラーダイナソーかそれに匹敵する魔物だと思う」

「「「……」」」

　それぞれに思うことがあるようだが、そりゃそうだよな。自分たちが化け物級の魔物を王都に運び込んだなんて思いたくないはずだ。

　あとは、どうやってこのことを調べるかだが、フィレル伯爵は貴族。普通に会おうと思って会えるものではない。

　みんなが頭を悩ませているころ、王都全域に聞こえるような激しい鐘の音が鳴り響いた。

「お、おい。この鐘の音ってまさか！」

「おそらく、間違いないの」

「まずいじゃない！」

「まずいにゃ！」

　クラインたちが慌て始めたが、この鳴り響く鐘の音はなんだ？

　しかし、誰かが叫んだ声が俺の疑問に答えてくれた。

「スタンピードだーーー‼」

ep.16 外の敵と内の敵

誰かの焦る声が聞こえてくる。ちらほらと至るところでざわめき始めているのがわかる。

その一方で、レブラントさんと赫き翼の人たちは着々と準備をし始めた。

「アウル君、私は商業ギルドへ行ってきます。もし本格的にスタンピードが始まれば、物資が足りなくなることも考えられますから、今のうちに準備が必要です」

「俺たちも冒険者ギルドへ行くぜ。おそらく詳しい情報も届いているはずだからな」

レブラント商会も王都では指折りの大店となっているし、彼らは新進気鋭のAランク冒険者だ。

この行動の早さと決断力、見習うべきだろう。

「ご主人様、私たちも冒険者ギルドへ行きましょう」

「うふふ、ご主人様は絶対に守ります！」

頼もしいな。鍛えておいて本当に良かった。だが、安心はできない。

「分かった。状況も知りたいし、俺たちも冒険者ギルドへ急ごう」

「「はい！」」

冒険者ギルドへ着くと、そこにはたくさんの冒険者が溢れかえっており、中には先に行った赫き翼の面々もいた。

最初こそざわざわしていたが、少しすると壇上に顔の厳つい人が出てきた。

「みんな静まれ！」

顔の厳つい人が出てきたと思ったら、ざわついていたギルド内が一気に静まり返る。

あの人はこのギルドのギルド長とかだろう。

「俺はバラック。ここのギルド長をやっている。もうみんなは知っていると思うが、王都から程近いところでスタンピードが起こった！　本来であれば予兆があり、ある程度の対策が取れるんだが、今回はその予兆もなく後手に回っている状況だ。冬ということもあり、大抵の魔物は活動が鈍くなっているはずなんだが、どういうわけか大量の魔物が王都めがけて押し寄せてきている！

あと30分〜1時間もすれば王都に到着してしまう！　魔物の数は推定でも1万を超えていると思われる！　騎士団も参加する手筈になっているが、体調が悪く、参加できないものが多いという報告を受けた。騎士団の参加は４００人程度が限界らしい！　王都はお前らにかかっていると言っても過言ではない状況にある！　どうか、手を貸してほしい！

次に場所だが、王都の南にあるグリューエル大森林から魔物が湧き出しているとのことだ！　たまたま調査に出ていたうちの職員が、大量の魔物を発見したってんで今に至る！　最後に報酬だが、参加するだけで金貨30枚は確約する！　また、ギルドカードには倒した魔物が記録されるので、それを元に後から別途清算する！　他にも国王からも報奨金が支払われるとのことだ！

Dランク以上は強制参加で、それ以下は任意参加となる！

以上だ！　受付を終えたものから魔物討伐に向かってくれ！」

なるほど……。気になる点はあるが、とりあえずはいいか。

「ご主人様、私たちはどうすればよろしいでしょうか？」

「一応、Fランクの私たちは強制ではないですが……」

2人は登録したばかりで冒険者ランクは高くないが、そのへんの冒険者とは比べられないくらいには鍛えてあるのも確かだ。だが、いくらルナとヨミが強いと言っても一万という数は脅威だ。下手すればもっと魔物がいることだって考えられる。

「ご主人様、どうか私を行かせては頂けないでしょうか！　もう何かを失いたくないんです」

……目を見る限り、ルナの決意は揺らがないだろう。主として行かせないという選択肢はあるのだが、ルナの目を見た今ではそんな選択肢は選べない。きっと過去と何か関係あるんだろうが、いつか聞かせてもらえるのかな。

「ルナが行くなら私も行きます。ルナは私がいないと駄目ですから」

「仕方ない……。俺は少しやることがある。終わったら絶対に駆け付けるから、それまで何とか持ちこたえてくれ。それと、指輪をしている手を出してくれ」

密かに付けたこの機能だけど、まさかこんなに早く使う羽目になるとはな。

素直に手を出す2人の手に向かって魔法をかける。

ルナの手には「限定解除《リリース》轟雷」を。ヨミの手には「限定解除《リリース》水龍招来」を。

「その指輪には俺の魔法が一つだけ秘められている。1回きりだが、ルナとヨミには教えてない魔法が使える。いざとなったらルナは轟雷、ヨミは水龍招来と叫ぶんだ。魔力がなくても使える、とっておきとでも思っとけばいい」

　これだけ準備しても不安はなくならない。俺の考えが杞憂であればいいんだが、なんとなく嫌な感じがする。

「ご主人様、説明を忘れていました。先日お渡しした指輪ですが、あれは伝声の魔道具といって指輪に魔力を込めながら話すと、私たちの付けている対のイヤリングへと声を届けることができるのです。何かありましたら、すぐに連絡ください」

　そう言ってヨミが耳に付けているイヤリングを見せてくれる。髪の毛で見えなかったが、確かにイヤリングを付けていた。

　確かにこれがあれば何かあったときに便利だな。

「忘れてた、場違いかもしれないけど服はメイド服を着てほしい。あれは魔物の糸を使って作った一級品で、下手な防具よりも防御力が高いんだ」

　戦場に現れる戦闘力の高いメイドとか、絶対噂になるけどこの際しょうがない。

「魔物の糸製のメイド服ですか……なんというか、さすがご主人様です！」

「うふふ、戦場にまでメイド服を着ろだなんて、ご主人様は独占欲がお強いんですね」

「お前らな……。というかルナ、なにがさすがなのかあとできっちり聞いてやるから……だから絶対に死ぬな」

「「かしこまりました、ご主人様！」」

　受付を済ませて２人は颯爽と魔物討伐へ向かった。

2人を見送った俺は、鐘が鳴ったときから発動していた気配察知と空間把握に意識を向ける。

「やっぱり何かをするならこのタイミングだよな、フィレル伯爵！」

捉えていたのは、王都にあってはならないはずの強大な気配。まだ動いてないが、過去に察知したエンペラーダイナソー以上に感じる。

その強大な気配の近くには、何人かの人がいるのも把握している。

……うん、間違いなくフィレル伯爵のものだ。あと一人はどこかで感じたことのある気配なんだけど、どこだっけ……。

「悩んでも仕方ないか。先にこのことをレブラントさんに報告しなきゃ！」

俺が向かうのはレブラントさんが先行した商業ギルドだ。

「レブラントさん、いる?!」

「アウル君？　こっちだ！」

「会えて良かった！　今、ちょっとだけ時間いい？」

「ちょっとなら大丈夫だけど、どうしたんだい？」

「……大きい声では言えないけど、フィレル伯爵のところにもの凄く強い気配があるんだ。それもエンペラーダイナソーよりも強いかもしれない」

「なんだって……？　ということは……もしかして、このスタンピードは仕組まれた可能性があると言いたいのかい？」

さすがはレブラントさんだ、察しがいい。

「確証はないけど、タイミングが良すぎる気がするんだ。それに今回のスタンピードは不可解な部分があるって冒険者ギルドでも言ってた」

「うーん……」

あと一押し、ってところか。

「なんかこう、人為的にスタンピードを起こす方法とかってあるのかな？」

「人為的にスタンピードを？　そんなもの……一つだけ、あるかもしれない」

「ほんと⁈」

あるよなぁ、やっぱり。こんなお約束展開、誰も求めてないというのに。

「今は作成も所持も禁止されているものなんだけど『魔香粉』と呼ばれるものがある。その昔、戦争のときに敵国に魔香粉をばら撒かれて、魔物の手によって滅んだ国があると聞いたことがある。結局ばら撒いたほうも滅んでしまったらしいけどね。もしかしたら今回はそれを使ったのかもしれないな……」

「そんな危ない物が……」

「しかし、いったい何のためにこんなことを？」

そうなのだ。そこがはっきりしない。何の目的でこんなことを仕組んだんだろう。王都がめちゃくちゃになるかもしれないの……に⁈

「もし、誰かが国を転覆しようとしていると仮定するとどうですか……？」

「確かに、フィレル伯爵家はあまり良い噂がないが……しかし、そう考えると辻褄が合ってくる」

　他にもまだわからない点はあるが、とにかく今はフィレル伯爵家の魔物をどうにかするのが先決だ。

「レブラントさん、俺はフィレル伯爵家に向かいます。あんなのが王都に解き放たれたら、とんでもない被害が出る！」

「わかった。私のほうでも騎士団とギルドにはうまく報告しておく。……アウル君、無理はするなよ」

「わかってますよ。俺はまだ死にたくないですからね！」

　やばい、気配が動き始めたな。この方向は……やはり、王城か！　この強さの魔物を操れるなんて、どんなチートだよ！

　なんとかあと30秒で魔物に追いつけそうだが、今のうちにいろいろ用意しなきゃ。といっても、ここは街中だから魔法はあまり使えない。被害が出るのは目に見えているからな。

　仕方ないけど、武器を使うしかないか。あの強さの魔物を相手に杖は心許ないし、ガルさんから買った刀使うか。この刀の初陣にするには持ってこいだな。

　って、フィレル伯爵家の敷地内から魔物が出る前に到着したはいいけど……。

「おいおい、エンペラーダイナソーじゃないのはいいけど、よりにもよってこいつかよ……」

　帝国の発刊した魔物図鑑の最後のページには、数匹の魔物が加えられていた。その中の1匹で、性格は狂暴で残酷。体長は6m前後、体は獅子で尻尾が蛇。背中には山羊のような頭が生えていて、そして獅子の額には鋭利な角が生えている。一番厄介なのは魔法を使うこと。角を媒体に雷を使う上に、獅子は火を吐き、山羊は氷、蛇は毒を吐く。

その名を『ホーンキマイラ』。

推奨討伐ランクはSだが、危険度はそれ以上だと言われている。

「なんだお前は！　ここを誰の敷地だと思っておる！　私の邪魔をするならお前から殺してやるぞ！　もう少しでこの国は私の物なのだ！」

フィレル伯爵が騒いでいるが完全に無視だ。あんなのに構っていられるほど余裕はない。伯爵の執事らしき人は、我先にと伯爵を置いて屋敷に逃げてしまった。

屋敷の中にシェルターでもあるのか？

まぁいい。どうやって操っているかはわからないが、今のうちに討伐させてもらおう。

全然戦いたい相手ではないが、やるしかない。騎士団はまだ来ないけど、実力を知られないという意味では都合がいい。レブラントさんが報告してくれているなら、放っておいても来るだろうし、今のうちだ。

じゃあ、やりますか！

「かかってこい！　ホーンキマイラ‼」

ホーンキマイラへと挨拶代わりにサンダーレイを放つも傷一つない。しかし、俺を敵としては認識したようで俺だけを見据えている。

ホーンキマイラとの戦いの火蓋が切られた。

SIDE：ルナ&ヨミ（ルナ視点）

ご主人様と別れた私たちは、スタンピードが起こっているグリューエル大森林へと向かっている。

ご主人様が買ってくださったメイド服は、軽くて着心地が最高だった。これはさっき気付いたことだけど、メイド服に簡単に魔力を通すことができた。このメイド服は魔力を通すことで硬度が格段に跳ね上がるという、なんとも素晴らしいメイド服だったのだ。

「ねぇルナ、この戦いが終わってご主人様からご褒美がもらえるとしたら、何がほしい？」

ええ？　急すぎて分かんないよ。でもご褒美か、うーん。

「今まで食べたことのない、美味しいお菓子を作ってもらう、かな？」

「うふふ、それもいいわね」

「ヨミは？」

「私はね、ご主人様とデートがしてみたいの！」

ヨミは可愛いなぁ。でも確かに、デートというものには憧れる。奴隷になったときに普通の女として生きることは諦めていた。

けど、ご主人様に会って思いの外、奴隷というのも悪くないと思ってしまっている。これは、ご主人様だからそう思うのかもしれないが。

「私も、デートしてみたいな……」

無意識に本音が口をついて出た。はっとしてヨミを見ると、ヨミは嬉しそうに笑っている。

「魔物たくさん狩って、デート代を稼いじゃおっか！　そしてお返しとしてデート代を全部奢っちゃおう！」

「うん、そうだね！　よーし、やるぞっ‼」

「じゃあ、基本的には2人で行動しよう。別れたら危険度も増すしね。ご主人様がくれた指輪のおかげで近くの状況は手に取るようにわかるけど、なにが起こるかわからないから油断しては駄目よ！」

私たちはご主人様に鍛えてもらった甲斐があり、押し寄せる魔物を大量に殲滅することができた。流れるように倒していくその様は、他の冒険者や騎士団が戦いの手を止めるくらいには凄かったと思う。

出てくる魔物は、ゴブリンやオーク、グレイウルフと言った比較的弱い魔物が多かったため、被害は最小限に済んだ。

ひとえにスタンピードが起きた時期が冬ということが幸いし、この程度で済んでいたのだろう。これが春や夏だったらもっと魔物が多く、強い魔物もいた可能性もある。

それでも、それなりに強い魔物はいる。有名どころでは四つ腕熊《クワトロアームベア》や鋼鉄百足《メタルセンチピード》と言った推奨討伐ランクBの魔物、巨大犀《ビッグライノ》といったランクAの魔物も混ざっていた。

「水艶！　銀雷！　ここは俺たちに任せて先に行ってくれ！」

え、水艶？　銀雷？

「ふふ、私たちの二つ名よ。知らなかった？」

「知らないよ！　そんな恥ずかしいこと知ってたなら教えてよ～！」

あとでヨミから聞いた話だけど、休日にギルドを訪れた際に、私たちに絡んできた冒険者たちを叩きのめしたころを境に、『水艶のヨミ』、『銀雷のルナ』と呼ばれるようになったそうなのだ。そして、いつも2人で行動していることから『双姫』とも呼ばれ、裏では『双鬼』と恐れられている、と。

ご主人様を侮辱するようなことを言ったので、思うように手加減が出来なかったせいかもしれない。まぁ、その代償として地獄は見せたし、装備や所持品は全部もらったんだけどね。

「ヨミ、ここは騎士団や他の冒険者に任せて、私たちは討伐ランクの高い魔物を狩りましょう」

「うふふ、そうね。高そうなのは倒して、アイテムボックスに入れられるだけ入れましょう」

そのまま順調に戦っていき、やっと魔物の数が減り始めたころ、異質と呼べる得体の知れない何かが舞い降りた。

『あれ～？　おかしいなぁ、そろそろ王都でも騒ぎが起きて、ここもパニックになるはずなのに。あいつ、まさかしくじったか～？　これだから人間は使えないんだよな～。それに、ここももっと酷い状況になっているはずなんだけどな～』

現れたのは肌が浅黒くて、軽薄な喋り方をする……何か。喋っている内容からすると、今回の騒動の何かを知っているようだ。

「あいつはいったいなに？　気配が尋常じゃない！」

「ご主人様より魔力が多いなんて、俄には信じがたいわね……」

『あれ、君たち人間なのにかなり強いね～？　まぁ、僕ほどじゃないけど。そっか、君たちのせいでこんなことになってるのか～。うーん、これ以上邪魔されても面倒だし、ここで消えてもらおうかな！』

　男が消えたと同時に、ご主人様がくれた指輪の自動多重障壁が展開された。

　パリン！　パリン！　パリン！

　男がブレたと思ったら、障壁が自動展開されて割れていた。それも一気に3枚もだ。この障壁が何枚展開されるか知らないけど、そんなには多くないはず……。

『あれ～？　けっこう強めに殴ったはずなのに、止められちゃったな。……ふ～ん、その指輪すごいね！　それ凄すぎだよ！　僕もそれほしいな～！』

　さっきと同じところに立っている何か。距離としては20ｍくらいだろうか？　一瞬で攻撃して一瞬で戻ったのだとしたら、こいつは本物の化け物だ。

「ご主人様からいただいた品は誰にも渡さない！」

「そうね、これはご主人様が創ってくださった大切な品だもの」

『ご主人様が創った、ね……。僕もそのご主人様とやらに興味が湧いてきちゃったな～。うーん、本当はこの王都で遊ぼうと思っていたけど、なんだか王都のほうもうまく行ってないみたいだし……。それにせっかく僕がキマイラを召喚してあげたっていうのに、使いこなせないとかお話にならないよね～』

「キ、キマイラ⁉　そんなものが王都に⁉　ご主人様が危ない！」

「ルナ、さっさと魔物とこいつを倒して王都に戻るわよ！」

使わないと思っていたご主人様の魔法を発動する。

「『轟雷』‼」

「『水龍招来』‼」

突如として現れる雷雲と、複数の水龍が敵を自動で襲撃する。幸い他の冒険者や騎士団とは距離を取っていたおかげで被害は出ない。

まるで雨が降るかのように雷が炸裂し、次々と魔物を倒していく。複数の水龍も魔物が密集している箇所へと次々に着弾していく。

『えっえっ？　さすがにこれは僕も防御しないとまずいな～』

さすがに無事では済まないだろうと思ったが、呑気に喋りながら魔法を防いでいた。

ありえない……ご主人様の魔法が通用しないなんて！

『これは指輪の力だね？　君たちのご主人様という人にもっと興味が湧いたよ。うん、今回はだいぶ満足したから帰ることにするよ～！　また遊びたくなったら来るから、ご主人様とやらによろしく言っといてよ！　次は君に会いに行くってね！　アハハハ～』

空間が歪んだと思ったら、そこに次元の切れ目とでも言えるものが発生して、得体の知れない何かはその中へと消えた。

あいつはなんだったんだろう？

「ルナ！　ご主人様の下へ急ぐわよ！」

「うん！」

SIDE：アウル

絶賛俺は苦戦している。なんとかフィレル伯爵家の敷地内にホーンキマイラを留めることはできているが、倒すまでには及ばない。将棋で言う千日手というやつに近い。

騎士団は一向に来る気配がないし、いったいどうなっているんだ？

かれこれ1時間は戦っていると思うのだが。

体力的には問題ないが、魔力が徐々に厳しくなってきている。このままだとゴリ押しされてしまう可能性がある。

『俺が必ず駆け付ける！』的なことをルナとヨミに言っちゃった手前、早く行ってあげたいけど、なかなか思い通りにいかないもんだ。

……まぁ、だから人生は面白いのだが。

並大抵の魔法じゃ効かないし、かといって強すぎる魔法は街への被害が多すぎるし……。

「あの雷雲は……それに、あれは水龍？　ということは、ルナとヨミが指輪の魔法を使わざるを得ない敵がいるということだよな」

こんなところでチマチマ戦っている場合じゃないようだ。安全に倒すのは難しいが、すぐに倒すには危険を承知の賭けをしなければいけない。

ホーンキマイラに弱点属性はない。強い魔法が使えない状況下でそんなやつを倒すには、物理でゴリ押すしかない。

魔法障壁×10！　物理障壁×10！

曼荼羅《まんだら》のようにおびただしい数の魔法陣と半透明な物理障壁が展開されていく。

「頼むから持ってくれよ！」

杖じゃないけど、刀だったら太刀の型いけるよな？　この刀、嘘みたいに馴染むし。

無理だったらさすがに死ぬかな……？　いや、余計なことは考えるな！

精神統一、集中、一点の突破のみを正確に狙う。

ホーンキマイラの攻撃は次々と障壁を破壊していく。持ってあと5秒というところだろう。技を発動するための俺の集中と、ホーンキマイラの攻撃。どちらが早いかの勝負になる。

5秒

4秒

3秒

2秒

1秒

ギリギリ、間に合った。

《杖術　太刀の型　獅子王閃》

仰々しい名前だが、大雑把に言うと相手の首めがけて噛みつく獅子のごとく、相手の懐に潜り込み首を刈り取る技だ。もちろん魔力をたっぷり纏わせて切れ味は増してあるが。

目の前にまで迫っていたホーンキマイラの大きな爪による攻撃を掻い潜り、懐へと入り込む。魔力を纏った刀がホーンキマイラの首を両断した。

切られたことに気づかないホーンキマイラは、今もなお襲おうとしてくるが、時間差で首がズルリと落ち、やがて息絶えた。

「っはぁ〜〜〜、間一髪だった……」

日頃から、型の鍛錬をしていたおかげでギリギリ集中が間に合った。あれだけの硬度を持つ皮膚だと、集中していなかったら完全に断ち切ることができずに俺がやられていただろう。結果だけ見れば一撃だったが、本当に僅差での勝利だった。

無事倒したタイミングで、2つのよく知る気配が近寄ってくる。

「ご主人様！　ご無事ですか?!」

「……これがキマイラですか。キマイラが死んでいるということは、ご主人様が勝ったのですね」

「ルナもヨミも無事だったか。あぁ、なんとかね。スタンピードはもう大丈夫なの？」

目立った怪我はないみたいだけど、明らかに疲れているのが見て取れる。

「はい。ご主人様の魔法を発動したら、ほとんどの魔物が死滅しました。残った魔物もいますが、わずかですので騎士団と他の冒険者で何とかなると思います」

「それに、倒しすぎても他の冒険者の稼ぎを奪うことにもなりますから」

言われてみると確かにそうだな。金がもらえないとなると商売あがったりだもんな。

「さてと、この魔物は俺がもらうとして、っと」

すかさずホーンキマイラを収納する。素材が傷むと勿体ないからね！

「フィレル伯爵を捕らえたほうがいいのかな？」

フィレル伯爵は、ホーンキマイラが死んだタイミングで気絶したっぽい。

操っていたリンクが切れた代償かな？

「ルナ、悪いけどレブラントさんを呼んできてもらっていいかい？　場所は……冒険者ギルドにいるみたいだ。疲れているとこ、ごめんね」

「かしこまりました。すぐに連れて参ります！」

ルナにレブラントさんを呼びに行ってもらっている間、ヨミにもお願いすることがある。

「ヨミ、今すぐフィレル伯爵の屋敷に侵入して、重要そうな書類を確保してきて」

「書類ですか？　かしこまりました」

俺の思い過ごしならいいんだけどね。証拠がなくなったら知らぬ存ぜぬで押し切られては、平民の俺には太刀打ちできないからな。

とりあえずフィレル伯爵を縄でグルグル巻きにして、放置すること20分くらい経ったころ、ルナがレブラントさんを連れてきた。

「アウルくーん！」

レブラントさん以外にも、なぜかギルド長と数人の人がいる。

こんな重要なタイミングでギルド長がギルドを留守にしていいのか……？

「アウル君！　例の魔物はキマイラだったと聞いたけど本当かい……？」

現場に到着するや否や、周囲の荒れ様を見て顔を引き攣らせているレブラントさん。それも無理もない。だって、フィレル伯爵家の庭は、大怪獣大決戦でも起こったかのような有様だからな。

一応弁明するけど、これ俺がやったんじゃないからね?!

「いえ、正確にはホーンキマイラという魔物です」

証拠を示すためにも、ホーンキマイラの頭部を収納から取り出すが、これが早計だった。

「ホーンキマイラだと?!　というかお前、今どっから出した？」

……完全に失策だ。疲れていたというのもあるが、ギルド長たちの前で普通に収納を見せてしまうとは。黙っていてもらうしかないな。

「まぁ、そんなの今はどうでもいいじゃないですか。問題はフィレル伯爵がこれを王都に運び込んでいたということですよね？」

「～～～っ……はぁ、いろいろ聞きたいが、ひとまず用件はわかった。本当に伯爵がこいつを使って何かしようとしていたんだな？」

「間違いないですよ。この国は俺の物だって叫んでいましたし。屋敷の中に執事が逃げて行ったのを見たので、その人も知っていると思います」

ギルド長が顎をクイっとやると、部下らしき人たちが屋敷へと入っていった。

あっ、ヨミを戻さないと。

『ヨミ、ギルドの人たちが屋敷の中に入ったから、そろそろ戻ってきて！』

もらった指輪に魔力を込めて小声で話しかけたけど、これで声が届いているんだよね？

俺の焦りとは裏腹に、全く別の方向からヨミが戻ってきた。そういうとこさすがだよ。

「そういえば、スタンピードはどうなりましたか？」

とりあえず話を変えるために、違う話を振ってみる。

「あぁ、なんとか終結しそうだと報告が上がっている。被害はそれなりにあるが、死者はほとんど出ていない。水艶と銀雷のおかげだとみんな言っていたよ」

水艶？　銀雷？　なんだそれ。二つ名的なやつだとしたらめちゃくちゃ恥ずかしいな。

「特に、最後に放った雷の雨と水龍が凄かったと聞いている」

んんん？　ってことは、水艶と銀雷ってヨミとルナのことか！

「ぶふっ!!」

「あぁ!?　ご主人様、笑うなんて酷いです！」

「まぁまぁ、いいじゃないの、ルナ。恥じることはないわよ？」

「ヨミも笑われているんだからね⁈」

なんか一気に場が和んでしまったが、これで一件落着かな。フィレル伯爵の取り調べや、こんなことをした理由などは国とギルドが何とかするだろう。俺の仕事はここまでだな。

「ギルド長！　執事から証言が取れました！　その少年の言っていることは本当です！」

「まじか……。今回の事件はかなり大事になるぞ。おい坊主、このあとギルドでいろいろと詳しくお話ししようか？　美味しいお菓子を出してやるぞ」

ですよね～。俺がギルド長でもそうするわ。てか、そのお菓子ってもしかしなくてもクッキーだろ。

「……ちなみに拒否権は？」

「一応あるが、その場合は貴族の敷地に勝手に侵入した賊として捕えないといけないなぁ」

実質一択じゃないか。まぁ、こればっかりはしょうがないか。

「わかりました。答えられる範囲で答えますよ」

「物わかりが良くて助かるよ。とりあえず、証拠品としてこのホーンキマイラはギルドが預かってもいいよな？」

「……もちろん、所有権は俺にあるんですよね？」

「……」

ギルド長が口笛を吹きながら、明後日の方向を見ている。これは確信犯だな。きっと、有耶無耶にして接収しようとしていたに違いない。

「はい、収納っと」

「あぁ?! 坊主、それはなしだろ！ わかったわかった！ ちゃんと返すか、それ相応の対価は払うから！ こっちとしても、国が何か言ってくる可能性もあるから断言はできないんだ」

「事情はわかりましたが、絶対ですよ……？」

「あぁ……もちろんだ。この目を見ても信用できないか？」

「目そらさないでくださいよ」

全く、この厳つい見た目でとんだ狸だぞ、このギルド長。

「よし、お前ら！ フィレル伯爵を騎士団へと連れていけ。事情もちゃんと伝えろ！ 証拠にこの鱗を一枚もっていけ！」

そのへんに落ちていたホーンキマイラの鱗を拾って、部下へと投げるギルド長。

「じゃあ、疲れているとこ悪いが、さっそくギルドへ行こうか」

ともかく、少しの被害はあったものの、この事件は一旦幕を閉じたのだった。

ep.17 嵐の前の静けさ

場所は王都冒険者ギルド、ギルド長室。

「まぁ、とりあえずソファーにでも掛けてくれ。茶と菓子を今出そう」

ルナとヨミは座らず、またもやソファーの後ろで待機するらしい。疲れているだろうに。

お茶はギルド長が直々に入れてくれるようだ。フワッと香るいい匂いに、少しだけ心が安らぐのがわかる。それも、きちんと3人分用意するあたり、世渡りの上手さが窺える。

ギルド長が淹れたお茶からは、どこか懐かしいそんな匂い。まるで、昔静岡に旅行に行ったときに飲んだ緑茶のような……。

「って、これ緑茶だ！」

「お、このお茶を知っているのか？　たまたま手に入れてな。このなんとも言えない匂いにハマっちまったんだ。これの良さがわかるとは、若いのに大したもんだぜ？」

久しぶりに飲む緑茶は本当に美味しかった。体中に染み渡るようで、お茶請けに煎餅か饅頭が欲しくなった。

……お茶請けは今度作ろう。絶対に作ろう。ついでに、このお茶もレブラントさんに頼もう。

「さて、聞きたいことはたくさんあるんだが、まずは自己紹介から始めようか！　俺の名はバラック。王都の冒険者ギルドのギルド長をやっている」

「俺の名前はアウルです。年は10歳。ランドルフ領のオーネン村という村出身の貧乏農家です」

出身を伝えると、この世界の地図と思われる物を見ながら、オーネン村を探しているみたいだ。

「お、ここか。アザレ霊山の近くの村なんだな」

というか、こんな正確な地図があるとは知らなかった。端っこに『持ち出し厳禁』と書かれているし、かなり重要なものなのだろう。

「そうですね」

「次だが、そこの嬢ちゃん2人はお前さんの奴隷で間違いないか？」

「間違いないです」

ふむ。と言って顎に手を当てて考え事をし始めるギルド長。しかし、しばらく考えた末に出てきた言葉は信じられない物だった。

「単刀直入に聞くが、その2人を冒険者ギルドに売る気はないか？　もちろん対価は支払おう」

ギルド長がその言葉を発した途端に張り詰める空気。キレそうになりかけたが、自分よりもすごい怒気を後方から感じ、少し嬉しい気持ちになってしまった。

しかし、ギルド長。お前は駄目だ。

「それは絶対にできません」

魔力重圧を無言かつ笑顔で発動する。自分でも驚くほどすごい重圧に、テーブルやコップが軋み始める中で、体勢を崩さないのはさすがだと言える。しかし、ギルド長は確実に辛そうな顔をしている。全力でないとは言え、ここまで耐えられるとは。伊達にギルド長はやってない、か。

「はっ、そっちが本性か。さっきのは冗談だ。だからさっさとこの重圧を解いてくれ」

「冗談にしては笑えないですね。俺を試したとでも……？」

「端的に言えば、そういうことだ。まぁ、試したのはお前だけじゃないがな。仲間に恵まれたな」

　ルナとヨミにちらりと視線を移したということはそういうことだよな。しかも、今度は奴隷とは言わずに仲間と言ったか。案外悪いやつではないのかもしれない。

「ルナとヨミには助けられてばかりです。本当に良くやってくれています」

「……えへへ、それほどでも」

　なんか後ろで照れているのが若干2名いるが、華麗にスルーだ。

「そろそろ本題に入るぞ。まずホーンキマイラについてだが、なぜあそこにいると知っていた？」

　んーまぁ、そうなるよな。

「俺の能力みたいなもんですかね？　とにかく、気配がわかるんですよ。王都内に強い気配がしたから、不思議に思ったたって感じです」

「ふむ、理屈は通っているか……。次だが、お前はどうやってアレを倒したんだ？　正直、お前がアレを1人で倒したってのがいまだに信用できていない。仮にもアイツは推奨討伐ランクSの化け物だ。それに対し、お前は冒険者資格もないような10歳の子供。信じろと言われても……と、さっきまでは思っていたが考えが変わった。お前は何者だ？」

今更ながら確かに、と思ってしまった。10歳はこんなに強くないのが普通か……困ったな。こんなときはやっぱりアレか。

「端的に言えば恩恵のおかげですよ。あとは運が良かったんだと思います」

困ったときの恩恵頼み。ついでに魔力重圧を再度発動する。しかもさっきより強めにだ。暗に、これ以上詮索しないでくれと言外に訴えかける。

というか、ぶっちゃけ俺の体は創造神謹製の特注品の可能性が高い。恩恵は器用貧乏というよくわからないものだが、今はそれのせいにするしかあるまい。どうせ、恩恵はバレないし。

「わかったわかった。信じるから重圧を解けっての。……にしても、そんな恩恵が本当にあるのか？　もし、不都合なければその恩恵を教えてほしいんだが」

「さすがにそれはできません」

「はぁ、だよなぁ～。他にもたくさん隠していることはあるんだろうが、その調子じゃ言わなそうだし、今回は諦める。じゃあ次で最後だ。お前は今回の一連の事件をどう思う？　というか、何を知っている？　知っていることがあれば教えてほしい」

そんなことまで聞いてくるのか。かなり上の人なのに、自分で言うのもあれだけど俺みたいな怪しい人間の話を聞いてくれるとは。そこまで誠意を見せてくれるなら、全部教えてもいいかな。それに、情報の共有は大事だ。

「まず、スタンピードについてですが、俺とレブラントさんは魔香粉によって起こされた人為的な物だと考えています」

「魔香粉か……なるほど。確かにそうだとすると合点がいく、か」

「次に、このスタンピードは陽動だったと思います」

「陽動……か。スタンピードが陽動だとすると、本命はホーンキマイラによる王城への襲撃か？」

「……ここからは推測ですが、俺はホーンキマイラも陽動だったのではないかと考えています」

「なに？　ホーンキマイラすらも陽動だと？」

「はい。ホーンキマイラが切り札だとすると、何がしたかったかというのが、やや不明瞭過ぎる気がするんです。騒ぎを起こすことでどこかから注意を引きたかった、と考えるのがしっくりくるというか……」

「しかし、フィレル伯爵はこの国は俺の物だって言っていたんだろ？」

「詳しくは知りませんが、王を殺したとしてそいつが王になれるわけではないでしょう？」

「まぁ、それは確かに……」

「俺が考えているのはそれくらいですね」

まぁ、4年前のスタンピードももしかしたら関係あるのかもしれないけど、不確定なことで混乱させるのも悪手か。

「あの、私からも1ついいですか？」

手を上げて発言の許可を求めたのはルナだ。

「どうしたの？」

「はい、スタンピード中、私たちは最前線で魔物と戦っていたのですが、その最中に得体の知れない何かと会いました。肌が浅黒く軽薄な喋り方、化け物じみた身体能力に見たことのない能力。そして、圧倒的なまでの魔力です」

え、ルナとヨミはそんなやつと戦ったの？　初耳なんだけど?!

「にゃんともなかったの?!」

焦りすぎて噛んじゃった、恥ずかしっ！

「ご主人様、落ち着いてください。ここからは私が。スタンピードを食い止めている私たちが気に食わなかったのか攻撃はして来ましたが、ご主人様からいただいた指輪のおかげで事なきを得ました。一瞬にして３枚の障壁を破られたのには驚きましたが……」

「３枚を一瞬で?!」

それは相当な化け物だな。どんな魔法を使ったんだろう。

「一番驚異的なのは、障壁をただ殴っただけで割ったことです」

「魔力を使わずに殴っただけ……？」

「その通りです」

指輪の障壁は最悪の場合を想定して、５枚までは自動展開されるように設定してあったけど、かなりギリギリじゃないか。これは早急な見直しが必要かな。それにしてもそんなやばいやつがいるとは想定外だぞ……。

「あと、キマイラを召喚してあげた、と言っていました」

「おいおいおい、そいつはマジか?!」

「事の真偽は不明ですが、言っていたのは確かです」

　ギルド長もさすがに信じられないようだ。でも確かにあんな強い魔物を召喚できるとしたら、脅威以外の何物でもないわな。

「情報提供感謝する。ギルドでもそいつについて調べてみる。他にも思い出したことや、わかったことがあったら教えてくれ。それと、数日したら王城から使いが行くはずだ。おそらく今回の事件の立役者として呼ばれるだろうな。……あと、ホーンキマイラについてだが、白金貨10枚で売ってくれないか？」

　王城から使いとか、本来なら名誉なことなんだろう。ただ、立役者とするのは驚いた。しかも、ただの平民を王城に招くだけでなく、手柄を横取りしないなんて。

「用がないようですので、今日はこれで帰らせてもらいますね」

「あー分かった分かった、白金貨１００枚でどうだ？」

「そんなんじゃ売れないので、今回は縁が無かったということで」

「ちっ」

　舌打ちをしながらも諦めたようだ。さすがに白金貨１００枚以上は出せないのかもな。

「そう言えばギルド長さん。討伐に参加したルナとヨミの討伐報酬はいつもらえますか？」

「あぁ、それなら下の受付嬢にギルドカードを渡せばもらえる手筈になっている」

「それともう一つ。騎士団の人に接収される前に、フィレル伯爵の屋敷から重要そうな書類を盗んでおきました。ルナ、ギルド長に渡して」

「こちらです」

「……お前さんもどこから書類を出したのか気になるが、今はあえて聞かないでやる。にしても量が多いな」

「俺が書類の中身を見ようと思ったのですが、少々今回の騒ぎで疲れてしまったので、あとの処理はギルド長に任せますよ」

「はっ、よく言うぜ。お前も肝っ玉が据わっているな。貴族に向いているんじゃないか？」

「あははは、ご冗談を！　それでは」

今の会話を要約するとこうだ。

アウル『手柄を立てすぎたので、フィレル伯爵の件についてはギルドに譲ってあげますよ』

バラック『この俺に貸し1つなんて言うやつ初めて見たぜ』

我ながら、怖いもの知らずだと思う。

会談を終えて一階の様子を見ると、受付はたくさんの冒険者でごった返しており、今すぐの受付は無理そうだった。

一旦レブラントさんのところへと行って時間ずらすか。お茶もほしいし。

「レブラントさんいる〜？」

「おや、アウル君。やっと解放されたのかい？」

「とりあえず、ですけどね。それより、王城から使いが来て今回の立役者にされるかもしれないらしいんですが、どうにか回避できないですかね？」

「あははは、さすがアウル君。しかし、さすがにそれは無理だよ。ホーンキマイラを倒した上に、その首謀者まで捕まえたんだからね。諦めて準備をしといたらどうかな？　きっと1週間後くらいに王城から連絡が行くと思うよ」

「……は～い」

やっぱり駄目だったか。

「普通、平民が王城へ招聘されるとなったら、七代先まで自慢できるほどの出来事なんだけどね……。親御さんに自慢の手紙でも書いたらどうだい？」

確かに。自慢はしないにしても、王都に来てから手紙の一つも書いてない。とりあえず現状と今後の予定でも書こうかな。というかシアに会いたいから、一度帰省するのもありかな。

うん、全てが一段落したら帰ろう。年末は実家で過ごすのがいいよね！

……ルナとヨミはどうしよう。紹介する？　いや、でも、う～ん。ミレイちゃん絶対怒るよなぁ。

あとでルナとヨミにどうしたいか聞いてみよう。もしかしたら王都にいたいって言うかもしれないし。

女心が全く分かっていないと、あとで怒られたのは内緒だ。

「アウル君、用件は終わりかい？」

「あ、レブラントさん。今のうちにベーコンとか卸しときますね。あと、ギルド長が緑茶ってお茶を出してくれたんですけど、知りませんか？」

「お、助かるよ！　すぐに売れちゃうから困っていたんだ。次までにお金用意しとくね。緑茶？聞いたことないけど調べてみるよ」

「お願いします。じゃあ、今日は疲れたので家に帰りますね。何かあったら連絡ください」

はぁ、今日はさすがにいろいろあって疲れた。冒険者ギルドもそろそろ空いたかな？　家に帰る前に寄らないと。

「ルナ、ヨミ。ギルドに寄ってお金もらって家に帰ろう。今日は夕飯を豪華にして、パーっと美味しい物でも食べようか！」

「たくさん食べます！」

「うふふ、できたらお菓子も食べたいです」

最近、2人との距離が近くなったように感じる。本来の奴隷らしくはないんだろうけど、こういうのもいいよね。

でも今夜は何食べようかな。魚がまだあったから魚のフライでも作ろうかな。コロッケ……いや、ハイオークのトンカツを作ろう。

お菓子はプリンを作ってあげようかな。前回のはアリスにあげちゃったからね。生クリームもまだあるから、プリンにトッピングしてあげたら喜ぶかな。

「ちょうどギルドも空いているみたいだね。じゃあ、俺はここで待っているから」

「では行って参ります」

「ふふ、楽しみにしていてくださいね」

　せっかくなので、ギルド内の椅子に座って待つことにした。ここなら2人がいくらもらえるか見えるしね。

『ではルナ様とヨミ様のギルドカードをお預かりします。先にルナ様の倒された魔物を集計いたします。えーと、え？　……ゴ、ゴブリン２３０９体、オーク８６２体、グレイウルフ２０８体、四つ腕熊《クワトロアームベア》12体、鋼鉄百足《メタルセンチピード》4体、巨大犀《ビッグライノ》6体、フォレストワーム2体、合計３４０３体です……。ゴブリン1体銀貨3枚、オーク1体金貨1枚、グレイウルフ1体銀貨5枚、四つ腕熊1体金貨50枚、鋼鉄百足1体金貨70枚、巨大犀1体白金貨1枚、フォレストワーム1体白金貨1枚ですので、金額の合計はええっと……。白金貨33枚と大金貨3枚と金貨8枚と銀貨7枚となります。つ、次にヨミ様です。……ゴブリン３０１９体、オーク１３０８体、グレイウルフ４０８体、四つ腕熊18体、鋼鉄百足9体、巨大犀12体、合計４７７４体です。金額は合計、白金貨51枚、大金貨4枚、金貨7枚、銀貨7枚です。

　討伐参加費の金貨30枚を加えまして2人分で白金貨84枚、大金貨7枚、金貨75枚、銀貨14枚です。整理しまして、白金貨85枚、大金貨4枚、金貨6枚、銀貨4枚です。お確かめください』

　……まじで？　想像以上に半端ないな。一瞬にして大金持ちじゃないか。2人は買い戻そうと思えば自分を買える額ですらある。

「ご主人様！　たくさん稼いでしまいました！　褒めてください！」

「うふふ、ご主人様？　私のほうが多く稼いでいますよ。なので、私をたくさん褒めてください！」

さすがに2人も一気にお金を稼いだからか、異常にテンションが高い。たくさん狩りをして高揚している可能性も否めないかな。でも、この調子なら変な心配はいらないみたいだ。

もちろん喧嘩は嫌なので、2人の頭を撫でて褒める。予想以上に嬉しそうな顔をしているな。

そんなに頭撫でられるのが好きだとは知らなかったぞ。俺のほうが年下っていうのが複雑だけど。

はっ?!　視線が……！　そういえばここ冒険者ギルドじゃん……気まずい……。

「ルナ、ヨミ帰るよ！」

「「かしこまりました、ご主人様！」」

ふう。これで用事はあらかた終わりだな。

……にしても、今後どうするかを考えないと。それに、ルナとヨミの言っていた謎の存在も気になるし。何かが起こってからでは遅い……か。

これはまた迷宮に潜ってレベリングかな？　俺も改めて鍛える必要があるかもしれない。

ルナとヨミは絶対に失いたくない。

……よし決めた。下層を目指そう。今のうちにやれることを精一杯やらなきゃ！

きっと数日の間は王城の使いの人も来ないだろうし、時間は有効に使わないとね。

2人にはクインも紹介してあげなきゃ。ずっと亜空間に入れっぱなしになっているし、そろそろ出してあげたい。怖がらないでくれるといいけど……大丈夫だよね。

「ルナ、ヨミ。明日からまた迷宮に潜ろうか」

「え？　また、迷宮ですか……？　冗談ですよね……？」

「ち、ちなみに何をしに行くおつもりですか？」

２人が怯えているように見えるが、なにか嫌なことでもあったのか？

「そんなの決まってるでしょ？　特訓だよ、特訓！　次は40階層を目指すよ！」

「「まだ迷宮はいやあああああああああああああ‼」」

王都に２人の声が木霊した。

SIDE：フィレル伯爵

「うん？　こ、ここはどこだ？　って、なぜ私は牢屋の中にいるのだ！　私を誰だと思っている！　ここから出せ！　私は伯爵だぞ！」

なぜ伯爵である私がこんな牢屋になど入っているのだ⁈　私が何をしたというんだ！　いや、思い当たる節はたくさんあるが……いきなり捕まるほどのことではないはずだ。

「静かにしろ！　お前は国家転覆容疑で捕まったのだ！　自分が何をしたのか忘れたというのか！　いいからそこで自分のした行いを悔い改めていろ！」

国家転覆？　何を言っているのだ、この衛兵は？

「国家転覆なぞ私は知らんぞ！」

「本当に何を言っているんだ？　ホーンキマイラを王都内に手引きし、あまつさえそれを操って王城を襲おうとしたそうじゃないか！」

「ホーンキマイラ……なんのことだ？」

なんのことを言っているのだ⁈　私はそんなこと知らんぞ⁈　誰かに嵌められたのか！

誰だ、誰が私を嵌めようとしているのだ……。

うーん……我ながら敵が多いから、判断しかねるな。わははは。敵が多い私もかっこいい。

まさか、アダムズ公爵家か？　誕生日パーティーを邪魔しようとした報いとでも言うのか？

確かに邪魔はしようとしたが……。しかし、あれは私の至上の甘味を奪い取ったあいつらが悪いのだ。私が手に入れていれば、莫大な金を手にできたというのに……！

……いや、もしかして。私を嵌めたのは、あの人なのか？　だが、しかし……。

あの人は、アダムズ公爵家が至上の甘味について調べていると知っていたとして、それを知った上で私に甘味は儲かると教えてくれたのだとしたら……？

伯爵家が公爵家には勝てないのは道理だ。そして私の性格を利用して逆上させて何かさせることも想像に難くない……か。

我ながら、困ったほどに短絡的な性格をしているものだな。こんな状況にならないと気づけないとは……。だが、人生に遅すぎるということはないはずだ。

「おい衛兵、…………をここへ呼んでもらえないだろうか」

「なに？　なぜだ」

「どうしてもなのだ。確認しなければならないことがある。すまない、無理を言っているのは分かっているのだが、頼む」

「……あの悪名高いフィレル伯爵がこんな頼み方をするとは驚いた。ちょっと連絡をとれないか確認するから待っていろ」

今更だが、こんな私の汚れきった人生を雪《そそ》がなければな。自分のしでかしたことは自分で終わらせたいからな。

SIDE：？？？

「……様、ご報告が遅くなり申し訳ありません。まず、レッドドラゴンの呪印を解いたと思われる冒険者ですが、断言できる該当者はおりませんでした」

「なに？　そんなわけないだろう！」

「最後までお聞きください。断言できる該当者はいませんでしたが、レッドドラゴンの件及び今回のスタンピードの件も含めて、私に思い当たる節があります」

「もったいぶらずに早く教えないか『セラス』」

「はい。まずレッドドラゴンの件ですが、一番可能性のある冒険者は、最近登録したルナとヨミと言う女冒険者でないかと思われます」

「ルナとヨミ？　聞かない名だ……いや待てよ？　確かスタンピードの報告書には『水艶のヨミ』と『銀雷のルナ』という女冒険者の活躍が目覚ましかった、と書いてあった気がするが、まさかそれか？」

「はい。その2人はFランクの初心者冒険者ですが、最近迷宮に潜っていたという記録があります。また、直接関係があるわけではないですが、彼女たちの身分は奴隷です」

「……奴隷だと？」

「はい。その主人がアウルという少年です。これは奴隷商の店員を尋問して確認済みです」

「アウル？　聞かぬ名だな。お前は知っているか？」

「……数年前、私はフィレル伯爵家の次男とオーネン村に行って参りました。そのときに出会った少年がアウルという名前でした」

「オーネン村だと⁉　あそこは私が実験に選んだ場所のうちの一つじゃないか！」

「その通りです。オーネン村での実験は失敗に終わった、ですよね？」

「あぁ、近隣の村も多少の被害は出たらしいが、そこまでひどい状況にならなかったはずだ。その問題点を改良し、実験に実験を重ね、やっとの思いでここまできたのだぞ！　……まさかセラス、お前が傷ついて帰ってきたのは、そのアウルという少年によるものか？」

「……その通りです。正直油断しました。それに異常なまでに魔法の展開が早くて的確。あれは恩恵によるものなのでしょうが、驚異的でした」

「なぜもっと早く報告しなかったのだ！」

「すみません……。私も相手が貧乏農家のガキだと油断していたということもありましたので。それに、成人前に王都に来るとは思いませんでした。貴族も嫌っているようでしたので、アダムズ公爵家についていくとも思えず……」

「ということは何か？　そのアウルという少年と女冒険者2人が、レッドドラゴンを助けたとでも言いたいのか？」

「私はそのように考えています。また、そろそろ報告書が上がってくるころかと思いますが、ホーンキマイラを単独撃破したのが、そのアウルという少年です」

「なっ……‼　あれを単独撃破だと⁈　……このままでは、今後の計画に支障が出る可能性があるな。その少年は今どこに？」

「おそらく家にいるかと」

「そうか。所在が分かっているなら、とりあえずはそれでいい。……ホーンキマイラによる陽動が不発に終わったのには焦ったが、フィレル伯爵の件でバタバタしたおかげで、なんとか例のものは入手できた。あとは最後の計画の準備をするだけだ」

「うまくいったようでよかったです。ちなみに少年は今後どうされますか？」

「今後の私の邪魔になる可能性がある。最後の計画のときに纏めて私が直々に始末してやろう。おそらく、その少年はホーンキマイラを討伐して、国を助けた立役者として王城に招聘されるだろうから、私のほうで日程を確認しておこう。とりあえずの準備は1週間もあれば十分だが、念には念を入れて入念な準備をしておく」

「かしこまりました。最後の計画はそのときに？」

「いや、一度王城に呼んで顔を確認したのち、改めて王城へ呼び出す。そのときに最後の計画を実行する」

「……いよいよなのですね」

「お前には苦労をかけたな。フィレル伯爵なんかに何年も仕えさせてすまなかった。あいつの洗脳も任せっぱなしだった上に、最後の最後までいろいろ頼んでしまった。しかし、貴族で一番扱いやすかったのがあいつだけだったのだ。許せ。この働きには必ず報いよう」

「いいえ、まだ計画は完了してはいません。最後まで、油断なさらぬよう」

「それもそうだな……。そういえば、『あいつ』はどうした？」

「はっ、急に連絡が取れなくなりました。まぁ、いつものことでしょう」

「それもそうか……」


ワインを片手に喋る男と、死んだと思われていた元フィレル伯爵家執事のセラス。

そして、男の前には怪しげに光る拳大のオーブ。

事態は一旦の落ち着きを見せたように思えたが、それはまるで嵐の前の静けさのようだった。

ep.18

束の間のひととき

王城から使いが来るまでの時間を、有効に使おうと思ったときもありました。ちゃんと迷宮でレベリングしようと思っていました。しかし、ベッドが俺を捕まえて離さないんだ……。

俺だってちゃんと迷宮に行きたい。でも、仕方ないんだ。今もまた、睡魔が俺を呼んでいる。早く行かなきゃ。

「ご主人様〜、いい加減起きてくださいよ〜。もうお昼ですよー！」

遠くからルナの声が聞こえる。もう少し睡魔との逢瀬を楽しんでいたかったというのに。仕方ない、起きるか。こんなに寝てしまうとは思ったよりも昨日は疲れていたらしい。

だが、無理もない。全力の身体強化を発動しながら、Sランク魔物との長時間の高速戦闘は、10歳の体には少々厳しいのは当たり前のことだ。

今日は雑事を終わらせる日にするとして、明日から迷宮へ潜ろう。うん、それがいい。

迷宮に潜る前に新しい武器とかお願いして、頑張ったご褒美にしてもいいな。だったらガルさんに頼んで貴重な鉱石とホーンキマイラの素材で武器と防具を作ってもらわなきゃ。なんなら、エンペラーダイナソーの素材も使ってもいいかもしれない。

そういえば、クインを2人に紹介するんだった。最近ずっと亜空間に入れっぱなしだったから、拗ねてないといいけど……。

「出ておいで、クイン」

……ふるふる！

案の定、拗ねていた。

「ごめんごめん！　最近バタついていたんだ。許してくれないか？」

なでなで
……ふる、ふるふる‼

良くも悪くもクインは素直で助かる。チョロいとも言うが。

「もう、ご主人様入りますよ～?!　魔物?!　ご主人様逃げて！」

タイミングが良いのか悪いのか、クインは横になっている俺の上でマウントを取ったような状態のため、端から見れば襲われているように見えなくもない。

「ルナ、こいつはクインと言って、ずっと前から俺の従魔だ。紹介するのが遅れて悪いな」

「クイン、ですか？　魔物図鑑に載っているのを見ましたが、その魔物ってクイーンジェノサイドビー、ですよね？」

「よく勉強しているね、偉いぞ」

「エヘヘヘヘ」

うん、うまい具合に話を逸らすことができたぞ。それに、あんまり忌避感は無さそうだ。

「クイン、この女性はルナと言って、俺の大切な仲間だ。仲良くしてやってくれるか？」

ふるふる～‼

フラフラとルナに近寄っていき、周りを飛んでいる。どうやら気に入ったようだ。

「クイン、もう1人ヨミという女性がいるが、その人も大切な仲間だから仲良くしてやってくれ」

ふるふる！

うんうん。クインは本当にいい子だ。さて、仕方ないから起きてやることやるか。

リビングに行くと、すでにお昼ご飯が作ってあった。ヨミがエプロンを付けているので、ご飯はヨミが作ってくれたみたいだ。献立は白パンにハイオークのステーキ、野菜ゴロゴロポトフのようだ。なかなかにがっつり系だが悪くない。ただ、ステーキが厚すぎて食べきれる気がしないんだが。

「おはよう？　ございますご主人様。うふふ、今日のお昼ご飯は私が作ったんですよ！　って、それは魔物ですか⁈」

「こいつはクインと言って、俺の大切な従魔だ。紹介が遅くなって悪いけど、仲良くしてくれると助かる」

「か……」

か？

「可愛いです～～～‼　はぁん、とっても可愛いです～～～～‼」

気に入ってもらえたようだ。……ちょっと異常な気もするが。こらヨミ！　クインをクンカクンカするな！

「にしても今日はたくさん寝ちゃった。遅くなってごめんね。さっそくだけどご飯にしようか」

　水魔法で簡単に口をすすいで、顔を洗う。この世界には生活魔法というのがある。その中に「洗浄《クリーン》」というものがあるが、これは大変に便利な魔法だ。俺はこの世界の魔法が苦手なので、基本魔法は創作だった。しかし、ルナが生活魔法を使えたので教えてもらったのだ。

　やはりこの世界の魔法はこの体にはよく合わない。でも、何回か練習しながら独自のイメージを想像した。歯ブラシで歯を洗浄したり、服を洗浄したり。汚れ全てをひとまとめにして、それらを綺麗にする魔法。それが俺の洗浄、いや『清浄《クリーン》』だ。

「「いただきます」」

　ではまずポトフから。……美味い。じっくりコトコト煮たであろう根菜類は、口に入れるだけでほろほろと崩れる。なのに、全く煮崩れしていないのは、ひとえにヨミの調理技術のなせる技だろう。

　ステーキも火入れが完璧。噛めば噛むほど溢れ出る肉汁、肉を彩る絶妙な調味料。特にこの胡椒が……胡椒？

「これ、胡椒じゃないか‼　どこでこれを？」

「コショウ？　あぁ、胡椒《ペバ》のことですか。朝、市場を見に行ったら売っていたので、少し高かったですが買ってみました。お金はスタンピードのときの賞金がありましたので問題ありません」

　胡椒はあまりこの世界では見かけない。かくいう俺も、公爵家以外で見るのは初めてだ。

「これ、あとで買いに行こう！　たくさん買おう！」

「うふふ、そう言うと思いまして、すでにたくさん買ってありますよ」

さすがはヨミ。俺の好みをよくわかっている。

「ご主人様、今日はどうされますか？　……やはり、迷宮に行くのですか？」

ルナは恐る恐るといった感じで聞いてくるが、今日は行かないのでぜひ安心してほしい。

「今日は迷宮には行かないよ。今日はガルさんのところに行くつもりだ。グランツァールからもらった鉱石とホーンキマイラ、エンペラーダイナソーの素材を使って、新しい武器と防具を作ってもらおうと思ってね。スタンピードの際に、かなり消耗したでしょ？　隠密熊《ハイドベア》もまだ数体残っているから、人数分の外套を作ってもらうつもりだよ」

「今日は迷宮に行かないのですね！　わかりました！」

「隠密熊といえば、我が家に敷いてあるこれは、隠密熊の進化した魔物ですよね？　確か名前は暗殺熊《アサシングリズリー》とか言う」

「さすがご主人様です！　頭の部分がなくなっているのでわかりにくいですが、この模様は確かに暗殺熊ですね！　ほらこれです！」

「え？」

「「え？」」

ルナが見せてくれた魔物図鑑と見比べると、確かに暗殺熊と書いてある。……子供のころに狩った、隠密熊と思っていたのは暗殺熊だったのか。推奨討伐ランクはB～Aと書いてあるな。

「こんなにすごい魔物の毛皮を敷物としているなんてさすがです！　……しかし、ここまで立派だと逆に頭部がないのが寂しいですね」

　言われてみると確かに。超電磁砲で吹き飛ばしちゃったから頭部はないんだっけ……。今度は綺麗に討伐するように心がけよう。

「さて、朝ごはんも食べたし準備して行くか！」

「「かしこまりました、ご主人様」」


「ガルさんいる〜？」

「ちょっと待ってろー！　…………すまん、待たせた。今日はどうしたんだ？」

「ちょっと武器と防具を作ってほしくって」

「ほう……。お前ら、少し見ないうちに強くなったな」

「わかるの？」

　鑑定もないのにわかるのはすごいな。鍛冶師の勘というやつかな。

「少しだけだがな。確かに今の武器と防具では物足りないだろう。作ってやりたいが、生憎お前さんたちのレベルに対応できる鉱石がなくてなぁ。素材ならスタンピードのおかげであるんだが……」

「ふふふふ、ガルさん。材料は俺に任せてほしい。どこか広い場所はある？」

「裏に倉庫があるから、ついてこい。……ここでいいか？」

　ガルさんに案内されたのは、ホーンキマイラを余裕で置けるくらい広い倉庫だった。

「うん、大丈夫そうかな。まずは素材だけどこいつらを使ってほしい」

ホーンキマイラとエンペラーダイナソーを出すと、さすがのガルさんも驚いていた。……人間、いやドワーフってこんなに口が開くんだな。というより、人の本気で驚く顔っていうのは本当に面白い。

「お前さん、かなりできると思っておったが、想像以上に規格外だったんだな……。しかし、これだけの素材があれば、かなりの物ができるぞ！　……す、好きなだけ使っていいのか？」

ニヤリと笑いながら聞いてくるガルさんの顔は、今にも素材に飛びつきたそうなほどうずうずしている。まるで玩具を与えられた子供みたいだ。

次に、綺麗に仕留めた隠密熊を3体出す。

「ほう、隠密熊か。ずいぶん綺麗な個体だな。まるで寝ているみたいだ」

「これで隠密性の高い外套を作ってほしいんだ」

「あいよ。それは問題なくできるだろう。それより、他にもいい物があるんだろう？　この際だ、もったいぶらずに早く全部出しちまいな」

目がギラギラしすぎていて若干怖いが、それだけやる気があるという感情の現れだろう。

「まぁまぁ、次は鉱石ですけど、これをふんだんに使ってほしいんです」

取り出したのは、アダマンタイトとミスリルを10kgずつだ。神銀も出しても良かったのだが、あれは個人的に銀細工もしたかったし、とりあえずは出していない。

「お、お前さんこれは、アダマンタイトじゃないのか……？」

「さすがガルさん！　こっちはミスリルだよ。これだけあれば3人分の武器と防具は作れそう？」

「もちろんだ！　純度は一級品みたいだし、量も申し分ない。こ、これを本当に使っていいんだな?!　今更返せって言われても返さんぞ?!」

渡した鉱石を抱きしめて放すまいとしている。なんか幼児退行している気がしてならない。

「う、うん。大丈夫だよ」

ガルさんの気迫に押されて、若干引いてしまった。それにしても嬉しそうだ。今なんてアダマンタイトに頬ずりしているぞ。神銀なんて渡しちゃったら気絶していた可能性もあったな。

「余った鉱石はもらってもいいか?!　代金は余った鉱石を買い取るということでいいから、頼む!!　この通りだ！」

「鉱石が余ったらあげますよ。それにお金もしっかり払います。だから最高のものをお願いします。ただ、素材は余ったら売るつもりなので、ネコババしたら駄目ですよ」

「ねこばば？」

「あぁ、盗んだら駄目ですよってことです」

「それはもちろんじゃ。だが、武器や防具には一番いい箇所を使わせてもらうぞ？」

「もちろんです。　どれくらいでできますか？」

早いに越したことはないが、無理を言っても仕方ない。

「うーん、そうだな。5日もあれば問題ないだろう。武器と防具は以前と同系統でいいか？」

「ルナ、ヨミ、何か希望があれば伝えてくれ」

「では私から。得物は剣で問題ありませんが、以前より2回りほど大きいものがいいです。それとできる限り硬くしていただけたらなおいいです」

「ふむふむ……なるほど。剣というよりは大剣の部類だな。そっちの嬢ちゃんは？」

「うふふ、私も得物は変わりなく短剣がいいですね。できれば予備含めて4本。それと刃渡りを10㎝ほど伸ばして30㎝くらいにしてほしいです。属性は水と風にしてもらえませんか？」

「それも問題ない、了解した。お前さんはいらんのか？」

「俺はいいかな、とりあえず」

ガルさんから買った刀が優秀だし、なにより一番得意なのは杖だ。金属製の杖はなんか違うし、木製のが手に馴染む。最高品質の木材を調達したらでいいかな？

「……よしわかった。防具は魔物素材でいいとして、ちょっと鉱石が足りないかもしれんなぁ……？」

それはまずいな。どうせならいいものを作ってほしい。ただ、なんとなくガルさんが物欲しそうにしているのが気になるが、この際しょうがない。

「わかったよ、アダマンタイトとミスリルを追加で10㎏出しておくよ」

「おお、話がわかるな！　……しかし、もっといろいろ持ってそうだな？　どうせだし出しちまえよ」

目敏いというかなんというか、こういうことに関しては鼻が利くのかもしれない。

「……はぁ〜。ガルさんには敵わないな。じゃあ、５kgだけだからね」

収納から神銀を取り出す。出した途端にガルさんの顔が変わり、完全に停止した。やっぱり、思った通りの結果になったか。もしかしたら、ドワーフにとって特別な何かなのか？

「ガルさん？　おーい……駄目だこりゃ。仕方ない」

水魔法で顔に水をかけて強制起動を促す。

「プハァ?!　何すんじゃい！　死んでしまうわ！」

「……ガルさん、これ」

「そうだ！　これ、お前さん！　神の名を冠する鉱石の１つじゃないか‼　これは神銀だろう⁉　こ、これをどこで！……いや、それはどうでもいい！　ほ、本当に俺なんかがこれを扱っていいのか⁉」

「い、いいよ？」

さっきよりももの凄い剣幕で喋るガルさんは、鬼気迫るものがある。顔が近づきすぎキスしそうなんだが？

そのせいでルナとヨミが武器を構えているから早く引かないと死ぬぞガルさん。

「おっとすまない、ちょっとだけ興奮してしまった。確かに材料は預かった！　さっそく製作に入るからまた５日後に来てくれ！」

明らかにちょっとじゃないが、これで最高品質の武器と防具が期待できそうだ。

「あ、そうだ。俺たちはこれからまた迷宮に篭って強くなる予定だから、それを考慮して装備作ってくれるとたすかる。それじゃあまた！」

「え、は？　おーい！」

これで装備の問題は解決したし、明日からはとうとう迷宮に挑戦だ！

ep.19 迷宮攻略③

今は迷宮番号4の16階層に来ている。ここの階層はクインがキラービーを支配下に置いているところなので、このまま数日放置してみようと思っている。あわよくば蜂蜜がたくさん採れたらいいな。

そういえば、クインのステータスって見られるのかな？　もし見られるなら見てみたいけど、ステータスオーブの詳細がわからないから、まぁ、ものは試しってことで。

「ステータスオープン」

◇◆◇◆◇◆◇◆
ジェノサイドビー／♀／クイン／Lv.67（↓80）
体力：4600
魔力：3500
主人：アウル
◇◆◇◆◇◆◇◆

あ、普通に見られた。どうやら数日置けば見られるみたいだ。これからは毎日試してインターバルが何日か見極めなきゃ。

というか、クインかなり強くね？……ただ、レベルの下にある矢印と80ってなんだろう。お約束通りなら成長限界的なやつだろうか。

魔物もステータスを見ることができるみたいだけど、人間より見れる項目が少ないな。でもこれって、もし敵にも使えるなら鑑定魔法みたいに使うこともできるということだ。実用まではまだ検証が必要だけど、使いこなせたら一気に便利になることは間違いない。

「そういえば今の2人のレベルってどうなんだろうね？　スタンピードでかなり魔物倒したでしょ？　もしかしたら結構上がっているかもね」

「あっ、私も気になります」

「うふふ、もし良かったら見てもらえませんか？」

◇◆◇◆◇◆◇◆

人族／♀／ルナ／15歳／Lv.59
体力：4800
魔力：7700
筋力：200
敏捷：210
精神：360

幸運：20
恩恵：真面目
◇◆◇◆◇◆◇◆

◇◆◇◆◇◆◇◆
人族／♀／ヨミ／16歳／Lv.58
体力：4700
魔力：7400
筋力：230
敏捷：250
精神：300
幸運：45
恩恵：色気
◇◆◇◆◇◆◇◆

2人とも全体的に成長している。さすがにあれだけの数を倒せば、弱いモンスターといえどレベルは上がるか。これなら20階層までは普通にいけそうだ。

さて、次は俺だ。ホーンキマイラ1体でどれだけ成長しているかな？

「ステータスオープン」

…………

あれ？　出ないな。

「ステータスオープン！」

…………

どうやら3回が限度みたいだ。あのときも3人分しか見ていなかった。次はいつ見られるか、忘れないように確認しないと。

「どうやらステータスは1日に3回しか見られないみたい。そして1回見たら数日は見れない可能性がある。これについては今後実験して行くので、2人も忘れないようにね」

「「わかりました」」

「じゃあクイン、俺たちはちょっと下層まで行ってくるから、ここで待っていてくれ。19階層までは森エリアだから好きに移動していいけど、無理して怪我とかはやめてくれよ？　あと、5日後には迎えにくるから16階層にいてくれ。わかった？」

ふるふる‼

うん、さすがクインだ。そこらの魔物とは一味違う。可愛さも賢さも次元が違うぜ。

さて、クインは他の階層のキラービーを支配下に置いたり、ハチミツ集めたりしてくれるだろうから、あとで回収しなきゃ。なんて頼りになる従魔なんだ。

「じゃあ、俺たちは下の階へ行こうか。どうせだから魔物の相手は2人に任せるよ。俺は素材の

「採取とか木材の確保させてもらうね」

「任せてください、ご主人様！」

「敵は殲滅いたしますので、ご安心を」

先日のスタンピードを経て一段と頼もしくなったように感じるんだが、それ以上に思考が危なっかしい気がする。気のせいだと思いたいが……いや、気のせいだな。

森エリアはすでに慣れたもので、サクサク進むことができる。以前伐採した木の痕など感じさせないように森が再生している。さすが迷宮、わずか数日で木が生えるとは。これは迷宮がなくならない限り、半永久的に迷宮産の質のいい木が取れるってことじゃないか！　……一儲けできそうな金の匂いがするが、欲を掻きすぎるのは身を滅ぼすからなここはグッと我慢だ。

「そういえばご主人様。採取はわかるのですが、なぜ木を大量に確保しているのですか？」

「私もそれは気になっていました。うふふ、私たちの家でも建てるのですか？」

家の作成か、それもありかもしれないな。収納の限界がわからないけど、もし家を収納できたら最高じゃないか。旅をしながらでも家で寝泊まりできるし、贅沢の極みだ。ログハウスなら木だけでもそれなりに作れるし、なんなら大工に木を提供して作ってもらったらすごいのが作れる気がする。だけど、今回は別件だ。

「家を作るのもいいね。けど今木を確保しているのは『木炭』を作りたいからなんだ」

「もくたん、ですか？」

「もくたん、とはなんなのですか？」

まじか……。でも確かにこの世界で木炭見てないな。鍛冶には火の魔道具を使うのが一般的らしいし、石炭や木炭っていうのは案外需要がないのかもしれない。

でも、炭火で焼いた肉はまた違った美味しさがあるのが魅力だ。串焼きのおっちゃんも、串焼きには魔道具使っていたし、炭火の良さを布教してみようかな。迷宮を出たらおっちゃんに会いに行かなければ。

「ご主人様？」

「あぁ、ごめんごめん。木炭っていうのは、簡単に言えば火の魔道具の代わりになるものかな。それに、炭火焼きって言って、普通に肉を焼くより香ばしくて美味しくなるんだよ」

「「普通より美味しい……‼」」

うちの子たちは食い気もすごい。よく食べる人って見ていて気持ちがいいから、俺も嬉しい。

ただ、2人はかなり大食いなほうだと思うんだけど、なぜ太らないんだろう……。

ちらりと視線を向けて2人を改めて見ると、その原因は一目瞭然だった。

間違いない。全部『あるところ』に栄養が持っていかれているんだ。確かにけしからんからな。

そんなこと考えていると、不意にヨミが耳元に顔を寄せて小声で話しかけてきた。

「……うふふ、揉みますか？」
バ、バレてた⁈　しかもバレた上で優しく言われたせいで、危うく手を出すところだった。
危ない危ない。俺のアダマンタイト級に強固な精神力が無かったら一線を越えていただろう。

「うふふ、冗談ですご主人様。今は迷宮なので駄目です……今は、ね？」

くっ……。ヨミに遊ばれている。いつもはもっとグイグイ来るくせに。

はっ⁈　これが噂に聞く、押して駄目なら引いてみろってやつか。

いつの間にこんな高等テクニックを……⁈　覚えていろよ、ヨミ。この仕返しは必ずしてやるからな。

「ンンン！　と、とにかく炭火で焼くと美味いんだ。そんなわけで、木を確保しているんだよ」

「さすがご主人様です！　私も美味しいお肉のために、なんでもいたします。お手伝いできることがあれば言ってください！」

……ルナは色気より完全に食い気かな。

「時間もそれなりにかかるから、とりあえず先に迷宮攻略を進めようか」

「「かしこまりました、ご主人様」」

階層を移動して今は20階層。ついでなので、サンダーイーグルから羽根と肉を剥ぎ取る練習をすることとなった。

「サンダーイーグルを倒すとき、まずは6枚ある翼を切り落とす。次に土属性の魔法で捕まえる。あとは気絶させてから羽を全部剥いて、回復魔法をかけながら肉を確保。これが一通りの流れだけど、できそう？　回復魔法は俺がやるから、それ以外をやってみようか」

「問題ありません！　お肉は私が確保します！」

「うふふ、骨の髄まで剥ぎ取ってみせます」

ヨミの言い方はいささか猟奇的な気がするが、仲間ならこれ以上ないくらい頼もしいな。

「よし、じゃあ行こうか」

「「はい！」」


結果から言うと、２人とも頼もし過ぎた。なんなの、あの２人の連携の良さ。生かさず殺さずの真髄を見せられた気がしたわ。もはや途中から魔物が可哀想だったよ……。南無。

「ご主人様ほどうまくはできないですが、こんな感じでどうでしょうか？」

「ギリギリを攻めるというのは、悪くないですね。何かに目覚めてしまいそうでした」

いや、俺より上手だったよ。なんなら手際もかかった時間も、俺よりすごいよ。というかヨミ、君は落ち着きなさい。ダークサイドに走っちゃ駄目だ！

いかんいかん、俺が落ち着かねば。

「じゃあ、次の階行くよ」

ちなみに、今わかっている範囲で迷宮のエリアを分けると、こんな感じだ。

1～5階：洞窟エリア
6～10階：草原エリア
11～15階：湿地エリア
16～20階：森エリア
21～25階：砂漠エリア

26～30階：湖畔エリア
31～35階：火山エリア

砂漠エリアの厄介なところは、暑い上に出現する魔物の大半が砂の中に隠れて攻撃して来ることだろう。気配察知や不意打ちに対応する練習には、もってこいの場所である。

「じゃあ、また俺は後ろで見ているから2人でやってみようか。前回ここは通ったから道は覚えているだろうけど、今回はギリギリまで手伝わないからね」

「問題ありません、ご主人様！　如何なる敵も殲滅です！」

「こんな乾燥した場所はお肌に悪いから、さっさと突破するわよ、ルナ！」

「もちろん‼」

いや、そんな理由かい。まぁ、確かにお肌が綺麗なのに越したことはないし、今度化粧水を渡してみよう。きっと気に入るだろう。

こうしてルナとヨミの特訓は始まったのだ。

●1日目●
21～24階の砂漠エリアを死に物狂いで突破。迫り来るサンドワームや砂漠狼《デザートウルフ》、蟻地獄《アントライオン》、砂蠍《サンドスコーピオン》等を鬼気迫る勢いで駆逐。気配察知では見つけられない魔物も、指輪の空間察知を使いこなして対応していたし、戦いに慣れたのか魔法の使い方もうまくなってきた。こればっかりは実戦でしか養われない感覚だろうし、スタンピードでかなり慣れたみたいだ。

25階層のゲートキーパーは砂大蟻《サンドアント》という蟻の魔物で、配下の砂蟻《レッサーアント》を無数に指揮する厄介な敵だ。砂大蟻自体は大きく全長3mくらいあるが、砂蟻は大きさ個体差があり、小さいのは本物の蟻くらいしかないという気配察知の訓練にはもってこいの敵なのだ。まぁ、その分殺傷力も普通の蟻と同じくらいしかないんだけどね。

事前に空間把握と気配察知を訓練していたおかげで、なんとか砂大蟻を撃破。

ヨミ曰く、「砂と日照りは乙女の敵です！」だそうだ。

……最後の最後までブレないところには感心させられた。

●2日目～3日目●

26～29階層の湖畔エリアは魔物の数が比較的少ないエリアだ。しかし、魔物1体1体の厄介さが段違いとなる。隠密熊《ハイドベア》、ナイトヴァイパー、インビジブルカメレオン、幻影魔樹《ミラージュトレント》、全てが一癖も二癖もある魔物ばかりだ。

隠密熊は言わずもがな、余裕で気配察知を掻い潜ってくる魔物だし、ナイトヴァイパーは狡猾で残忍、インビジブルカメレオンは気配も姿も消すことができる。幻影魔樹は見た目が完全にただの木なのに、相手に幻影を見せて惑わせ、養分とする魔物だった。目の前で隠密熊が木に喰われているのは不思議な光景だった。

1日目の成果が出たのか、空間把握と気配察知を使いこなすことでなんとか魔物を撃破。魔法も追加でどんどん教えているが、そろそろ轟雷や水龍招来を教えてもいいかもしれない。

……ルナとヨミは幻影魔樹に危うく養分にされかけていたが、これはまた別日に語るとして。

2人はいったいどんな幻影を見せられたんだろうか。

「ご、ご主人様には言えません‼」

「うふふ、うふふふふふ」

気になる。すごい気になるけど、聞いたらいけないと俺の第六感が働いている。……いい仕事しているぞ、俺の第六感‼

30階層のゲートキーパーは、湖の中にいる竜と見まごうほどの魔物。電気を自在に扱う雷鯰《かみなりなまず》だ。水の中にいる上に、電気を使うのでなかなかに倒しにくい魔物で、俺が戦ったときはかなり手こずったものだ。結局は水を全部収納して、身動きの自由を奪ってから倒すという力技だった。

……そのせいでいまだに大量の水があるというね。

それに対し、ルナとヨミ。

「アイスコフィン！」

湖はものの数秒全体が凍ってしまった。俺は全く思いつかなかったけど、これが戦略の勝利ってやつですかね。ルナが褒めてほしそうにこっちをチラチラ見て来る。

よしよし。

こらヨミ！　ハンカチできーってしない！

ちなみに、ステータスは3日目でも駄目だったな。

●4日目●

4日目にしてやっと火山エリアに突入した。ここは魔物も強いが、エリアとしての難易度も高い。水属性か氷属性の魔力を纏わないと突破できない環境なのだが、これは魔力を纏う練習にもってこいなのだ。以前と同じでレッサーリザード、イビルイール、レッドサイクロプス、レッドオーガが出てきた。ここに来るころには2人とも大幅に強くなっていたので、一緒に戦い始めることにした。

34階層には、案の定グランツァールのせいで魔物の気配がなかった。本来ここにはきっと何かの魔物がいたんだろうけど、どんな魔物がいたんだろう？

35階層のゲートキーパーの火蜥蜴は前回瞬殺してしまったが、本当はどれくらい強いんだ？

火蜥蜴の最大の攻撃はファイアブレス、触れた箇所が融解するレベルの温度にはさすがに焦ったが、対処ができないわけではない。

「水竜招来！」

……え?!　いつの間に覚えたの?!　まだ教えてないよ！　だが、今のところは1匹の水竜しか出せないようだけど、技としては一応完成している。

もっとイメージが固まって、練習すれば水竜から水龍に変わることだろう。

「うふふ、たくさん練習しました！　褒めてください」

いつの間に練習したのかわからないが、これは褒めるべきだろう。

……なんていい顔しているんだ。思わずドキッとしてしまった。

ルナさん、そんな親の仇を見るような目で仲間を見るのはやめなさい⁈

●5日目●

一応、今日が訓練最終日の予定だが、40階層までは厳しそうだ。

初めて入る36階層は環境エリアというよりは、古代都市というのがしっくり来る見た目の環境だった。気配察知には反応がないのに空間把握には反応がある。

『侵入者ヲ発見。直チニ排除スル』

襲ってきたのは、今まで俺が散々研究しているのに全くと言っていいほど成功に至っていないゴーレムだった。それもフルメタル製の機械タイプの夢のあるゴーレムだ。

「やっと見つけたぞ……。あれは絶対にゴーレムだ。ルナ、ヨミ、捕まえろー‼」

「「かしこまりました‼」」

この後、ゴーレム素材のために迷宮中のゴーレムを乱獲した。

ep.20 新たな武器

ステータスについてわかったことがある。５日目に試してみたら、また使うことができた。インターバルとしては３日空ければ再使用が可能なようだ。３回使って３日空けると再使用が可能だったので、５日目には１回だけステータスを発動した状態で放置してある。これでどうなるかは様子見だ。
ちなみに俺のステータスはこんな感じだった。

◇◆◇◆◇◆◇◆
人族／♂／アウル／10歳／Lv.94
体力：８８００
魔力：３６５００
筋力：３７０
敏捷：４００
精神：５６０
幸運：88
恩恵：器用貧乏

◇◆◇◆◇◆◇◆

ほとんど成長はしてないけど、魔力の上がりだけが異常に高い。魔力の鍛錬を毎朝欠かさずに継続しているのがいいのかもしれない。

5日目は40階層まで行く予定だったのだが、念願のゴーレムに会えてしまったがゆえに、急遽予定を変更して素材集めに専念してしまった。しかもこのゴーレムは特殊なのか、倒しても魔石を残して消えるようなことが無かったのだ。丸々素材が全部残るという親切設計のため、余計に乱獲が進んでしまった。

ふふふふ、これでゴーレムの研究が進められる。ステータスオーブに魔力は随時貯めているが、いまだに満タンにはならないこともあって行き詰まっていたので、今回の敵はまさに渡りに船だったのだ。

「急に予定を変更してごめんね。でも、これでゴーレム研究が捗るぞ！」

「ご主人様がすごいのは知っていましたが、まさかご主人様がゴーレムについて研究していたなんて」

「うふふ、ご主人様はなんでもおできになるのですね」

「なんでもはできないよ。できることだけだよ」

「「？・？・？・」」

「ンンン！　とにかく、今回の特訓はこれで終わりだ。下層については今後もちょっとずつ攻略予定だから、続きはまた今度ね」

「かしこまりました。早くお風呂に入りたいです！」

「クイン様をお迎えに行きましょう、ご主人様！」

ヨミはクインのことがお気に入り過ぎて、隙あらばクインを愛でている。クインも嫌そうではないのでそのままにしている。

「そうだね、クインを迎えに行ってお家に帰ろうか。今日はお風呂も沸かそうね」

転移結晶で15階層から16階層まではすぐなので、クインをすぐに連れて帰れると思っていたのだが……。

「あれ？　クインがいないな。クイ～ン？　どこだ～」

「「クイン様～？」」

……16階層にはいない。気配察知にも空間把握にも反応がない。まさか下層に移動しているのか？　でも5日後までには16階層に戻って来るように伝えたはずだけど。

「クインがまだ下の階層から戻ってないみたいだから迎えに行くけど、2人は先帰る？」

「いえ、私たちも一緒に探します。みんなで一緒に帰りましょう！」

「うふふ、特訓の成果をここでお見せします」

17階層に移ると愕然とした。見渡す限りに蜂の巣がたくさんあるのだ。それも全部が全長3mを超えるような巨大サイズ。軽く数えただけですでに20個はあるよ？

クイン、いろんな意味で恐ろしい子！

キラービーたちはせっせと花の蜜を集めているのか、何回も巣と花を行ったり来たりしている。なぜか俺たちに襲いかかって来る気配が全くない。

……何がどうなっているんだ？

そんなことを考えていると、1匹の綺麗な蜂がこちらへと飛んで来る。即座に戦闘態勢を整えるが戦意が微塵も感じられない。むしろ親愛のような感情が感じられる。

ふるふる〜♪

……え？　もしかしてクインなの？　見た目が全然違うけど、周りを嬉しそうに飛んでいるし間違いないだろう。それに、さっきから頭の中にずっと嬉しそうなイメージが伝わって来ている。以前よりも明確にイメージが伝わっている気がする。

うーん、ステータスは使いたくないけど仕方ないか。

ステータスオープン！

◇◆◇◆◇◆◇◆
阿修羅蜂《アシュラホーネット》／♀／クイン／Lv.18（↓100）
体力：7600
魔力：8500
主人：アウル
◇◆◇◆◇◆◇◆

うん、なんか種族変わってない？　前はジェノサイドビーだったよね。もしかしなくても、進化したのか。大きさは変わらず30㎝くらいだけど、羽がめちゃくちゃ綺麗になっている。首回りにある白いもふもふは絹のように綺麗だし、放つオーラは強者のそれだ。……それにしても名前かっこいいな⁈

「クイン、強くなったな！　しかもこんなに可愛く綺麗になっちゃって！」

抱きしめて見るが、やはり最高の抱き心地。癒しとしても戦力としても頼れる相棒だ。

「ご、ご主人様！　私にもクイン様を抱かせてください‼」

鼻息を荒くしているヨミに抱かせるのはやや不安が残るが、クインは気にしていないようなので渡してやる。

「あぁぁ〜〜‼　クイン様最高です！　ほのかに香る蜂蜜の匂いもたまりません‼」

何はともあれ、みんな何かしら手応えがあった5日間になったようだ。

……それに対して俺はどうだ？　多少レベルは上がっているがそれだけだ。魔法もそれなりには使えるが、極めたとは言い難い。なんにしても中途半端な気がしてならない。

もしかして、これが器用貧乏の効果なのか？

なんでもある程度はこなせるけど、極めることができない。確かそんな意味だった気がするけど、もしそうなら今の俺はまさにそれだな。これ以上の強さが手に入らないとすると、レベルは今後も上げるとしてもいずれ行き詰まるだろう。このままでは、最下層まで行くのは厳しくなっ

てくることだって考えられる。

これ以上手持ちの手札が強くならないなら、手札を増やす方法を考えるしかないか。とりあえずの目標はゴーレムの研究かな。新たな武器はガルさんに頼んでもいいけど、俺が作りたいという気持ちもある。その前に素材を探さないといけないんだけど。

あとは、ルイーナ魔術学院に入れたら何か見つけられる可能性もある。

「ご主人様、そろそろ帰りましょう?」

「うふふ、お背中お流ししますよ」

ふるふる‼

とりあえず今は帰ってゆっくりするかな。


家にはすぐ帰れるけど、まだやることがある。5日後に来いと言われていたので、家に帰る前にガルさんのところに寄っている。

「ガルさん、来たよ～」

「おお、お前たちか。待っておったぞ。……ふん、確かに強くなっているようだな。いったいどんな修行をしたら数日でそんなに強くなれるんだ?」

「迷宮でちょこっとだけ死ぬ気で頑張れば、かな」

いや、ほんとに。その一言に尽きる。

「そういうもんか? ……後ろの嬢ちゃんたちは、遠い目をしているけど大丈夫か?」

「「……あれは全然ちょこっとじゃないですよ、ご主人様……」」

うわ言のように何か喋っているが、修行の日々を思い出しているのだろうか？

「大丈夫ですよ。それで、頼んでいたものはできましたか？」

「もちろんだ。かなりの自信作だぜ？　まずは、そっちの銀髪の嬢ちゃんからだ。剣というより大剣だな。アダマンタイトを主軸に作ってあるから硬さは折り紙つきだ。それに、神銀とミスリルを使って2つ能力をつけることができた。能力は『重量変化』と『属性付与』だ。名前の通り、重量を変更する能力と、この剣に自分の使える属性を付与できる。我ながら最高の出来上がりだろう。名前はまだないから自分で考えるといい。

防具はホーンキマイラをふんだんに使わせてもらった。皮の加工に苦労したが、柔軟性がある上に防御力もちゃんとある。要所要所にエンペラーダイナソーの素材を使って強化してある。見た目にも性能にも拘った一品だ。もちろん、通気性を確保してあるから蒸れる心配も少ないぞ。皮が大量に余ったついでにブーツも作っておいた。撥水性もあるし何より硬いから、蹴るだけでも相当なダメージを与えられるぞ」

予想を上回る完成度じゃないか。……普通に買ったらいくらするのか気になるけど、怖いしルナが気にしそうだからまた今度にしておこう。

「次はそっちの色気の嬢ちゃんだ。頼まれていたのは風と水の属性短剣だったな。これはミスリルを主軸にアダマンタイトと神銀を合わせた一品だ。ミスリルと神銀を多く使ったおかげで、魔力を通しやすい作りになっている。もちろん切れ味も抜群だ。そして、これも能力を2つつけてある。能力は『属性付与』と『斬撃強化』だ。魔力を通すと切れ味のレベルがグンっと上がるようになっているから、使うときは周囲に気をつけろ。こっちも名前はつけてないから自分でつけてやりな。防具はさっきの嬢ちゃんと同じような感じだ。見た目も似せてある」

どちらも満足のいく装備だ。ヨミの武器は小振りながら、予備を含めると4本も短剣があるのでいざというときに便利そうだ。これだけの装備があれば、2人の強さはまた1つランクが上がるだろう。

「それと外套だが、予想以上に綺麗な上に素材が新鮮でな。最高品質の外套ができた。これがあれば楽に気配を消せるだろう。これは3人分だな」

渡された外套は性能もいいのだろうが、それ以上に洗練されていてとても俺好みだった。

「ありがとう、ガルさん。こんなにいいものを短期間で作ってくれて。それで鉱石は余った？」

「いや、余ったといえば余ったが……大した量ではないな。まぁ、俺もこんなにいい作品が作れて満足している。お前さんには逆に感謝しているよ、こんなに上質な素材や鉱石を本当にありがとう」

ガルさんは、どこか憑き物が落ちたような顔をしていた。だけど、ここでこのまま帰ったら男が廃る気がする。ガルさんが男気を見せたのだから、少しくらい俺も頑張らなければ。それに、ガルさんとは仲良くしておいて損じゃないからね。

収納から各鉱石を3kgずつ取り出してテーブルへと置いた。

「お、おい。これは……？」

「ガルさん、本当にいい装備をありがとう。これは少ないけど、御礼として受け取ってほしい。それに、今後もガルさんにはお世話になる予定だしね！　先行投資だと思って受け取って。あと、お金も少しは払うよ」

白金貨を1枚取り出して渡す。おそらくこんなんじゃ足りないんだろうけど、鉱石も渡したし十分だよね。

「防具が傷んだり、切れ味が悪くなったときは持ってこい。いつでもメンテナンスしてやる。ふぅー……。もう疲れたから今日は店仕舞いだ。じゃあまた来いよ」

「うん、ありがとうございました！」

「「ありがとうございました」」

さて、これで2人の装備は完璧だな。

「ただいま我が家!!」

久しぶりに帰ってくる家は最高だ。迷宮の中では障壁を張って寝ているから別に心配はないけど、迷宮にいる以上、絶対ではない。それに、家は別格に落ち着く。

久しぶりに入る風呂はめちゃめちゃ気持ちがよかった。なぜか迷宮から帰るたびに、みんなで入る流れができている気がするが、これはこれで悪くない。裸の付き合いというのはある意味一番仲良くなれるものだからね。

って、俺は何を言ってるんだ。ミレイちゃんにバレたら怒られるぞ………。

今日の夜ご飯は俺が作ることになっている。理由は簡単だ。炭が修行中に完成してしまったのだ。3日目に湖畔エリアで2人が苦戦している間に作成したら思いのほかうまくいった。魔法で作ることも可能だろうが、それだと味気ない。

まぁ、炭作りのせいで幻影魔樹に2人が襲われているのに気づくのが遅れたわけだが。

木炭を作る方法は『伏せ焼き』を使った。簡単に言えば、浅めの穴を掘ってそこに木を置き、空気の入り口と出口を作ってあげて木を隙間なく詰める。その上に草や枝などをたくさんかけて鉄板と土で蓋をする。あとは中の木に火をつけて8時間くらい燃やすと炭化が完了するのだ。

細かいところで空気穴を小さくしたりとかはあるけど、過去に経験があるので問題なくできた。木炭というのは極端にいうと、空気にほとんど触れないように燃焼させると出来上がるらしい。詳しくは知らないが、確かそんなだった気がする。

そんなわけで良質の木炭が200kgくらい作成できたのだ。

「今日は炭火を使った料理を何品か作ろうと思う。2人にはスープと麦粥を頼むよ。それ以外は俺が作るから」

「「かしこまりました、ご主人様」」

ルナがスープで、ヨミが麦粥を作るようだ。

今日作るのは、サンダーイーグルの炭火焼き串、ハイオークの炭火焼き、キノコの炭火焼バター醤油味、の3品だ。

キノコは松茸にそっくりなのが森エリアに生えていたのを採取済みだ。もちろん食用。王都では高級品とされていると、レブラントさんが言っていたので間違いないだろう。

「あ、七輪がない……」

土魔法――創造《クリエイション》‼　……魔法って本当に便利だな。最近魔法に頼りすぎな気がする。もっとゆったり楽しまないと損かもしれないな。

とりあえず、即席で作った七輪に鉄網を乗せて、肉とキノコを焼いていく。やはり炭火は香りが最高にいい。ルナとヨミが興味深そうにこっちを見ているので、こっちの世界の人もこの匂いは嫌いではないようだ。

いい感じに焼けたサンダーイーグルの肉には塩胡椒、ハイオークの串にはタレを、キノコには醤油とバターを垂らして軽く炙って皿に移す。

鉄板の皿とかあったらもっと美味しくできるかもしれない。

「じゃあ、食べようか。いただきます！」

「「いただきます‼」」

「⁉　お、美味しいです、ご主人様‼　香ばしさが半端ないです！　それに肉の旨味と炭の香りが、口と鼻を蹂躙するかのごとく美味しいです！」

「このキノコもとんでもなく美味しいです。バターと醤油？　という調味料だけでも美味しいのに、加えてこの香ばしさ。キノコの香りが余計に引き立てられて、美味しさのランクが一段も二段も上がっています！」

2人には好評のようだ。にしても、2人の食レポ能力の高さには驚きだよ。聞いただけでよだれが出てきたわ。

さて、あとは王城からの使いとやらを待つだけだし、それまではゴーレム研究とかができるな。

ルナとヨミには家の掃除をお願いするとして、それでも時間が余るようなら休暇を与えてもいいだろう。

あとは俺用のアクセサリーと武器の開発か。あ、２人の指輪もアップデートしなきゃか。

本当はもっとのんびりしたいんだけどなぁ……。そのためには、やることをやってないといけないというこのジレンマ。度し難い……。

よし決めた。今回の事件が終わったら絶対にのんびり過ごしてやるぞ‼

ep.21

炭火焼き鳥

朝目覚めると、太陽はまだ昇っていなかった。日課の鍛錬を終えたらリビングへと下りる。薪ストーブに薪をいれて火魔法で燃やして暖をとる。

２人はまだ寝ているみたいだけど、クインは俺が起きたのを察知してすり寄って来た。

「おはようクイン。今日は一段と冷えるね」

ふるふる！

朝は一段と冷えるので、薪ストーブ以外に魔法で気温を調節しようかとも思ったが、なんとなく冬の寒さを楽しみたくなったので薪ストーブのみにしてみた。クインがくっついてくれるおかげで温かいしね。

クインをひとしきり愛でた後は、頭に乗せて朝ご飯を作り始める。

今日の朝食は、麦粥の卵味噌風味、茄子の煮浸し、ウェルバードの炭火焼き、野菜スープだ。

茄子と言っても、茄子っぽい野菜というのが正解かもしれない。食感も味も茄子そのものなので、勝手に茄子と呼んでいる。

部屋いっぱいにご飯のいい匂いが漂い始めると、２人は焦ったように起きてきて、挨拶をしてくれる。

「ご主人様、おはようございます！　寝すぎてしまいました！」

「おはようございます、ご主人様。食器を準備しますね」

ほらね。ルナはやっぱり真面目だし、ヨミは早起きするのを諦めているのか、流れるように朝ご飯の準備を手伝ってくれる。

奴隷としては駄目なのかもしれないけど、俺は存外この雰囲気が好きだから問題ない。

「顔を洗っておいで。ぬるま湯を桶に貯めておいたから使うといいよ」

2人が顔を洗っている間に配膳を済ませて、クインと戯れる。

さぁ、朝食だ！

「「いただきます」」

朝食を食べながら、その日に何をするか話すのが最近の流れだ。

「ご主人様、今日の予定はどうされますか？」

「2人は午前中に家の掃除をお願いするよ。掃除が終われば特にやることもないから、自由にしていいからね。出かけてもいいし、半日休暇と思ってくればいいかな。俺は午前中にちょっと行くところがあるからいないけど、午後からは家にいるから」

「「かしこまりました！」」

2人はスタンピードで稼いだお金を持っているので、特にお小遣いはいらないらしい。当初、稼いだお金を全額渡されたときは驚いたが、2人で使うように言い含めてある。

さすがに命かけたお金をもらうのはちょっとね。

「じゃあ、ちょっと行ってくるね！」

「『行ってらっしゃいませ、ご主人様』」

最初に向かったのは肉串のおっちゃんのところだ。

お肉を渡してから数日経ったし、炭焼きについてもぜひ布教したい。あの絶品のタレを炭火で焼いたら、めちゃくちゃ美味しいと思うんだ。

「おっちゃん、久しぶり！　調子はどう？」

「おおボウズか！　待ってたぜ！　いろいろ試してみたが、やはりハイオークの肉は最高に美味いな！　しかし、サンダーイーグルの肉はもっとやばいぞ。というか、こんないい肉どこで手に入れてきたんだボウズ。聞いた話じゃAランク相当らしいじゃねぇか！」

おっと、ちゃんと調べるとは思ったより真面目だったか。

「まぁいいじゃん、美味しければ！　サンダーイーグルの肉はたまに卸してあげるから！　とりあえずおっちゃん、これ」

追加分のハイオーク肉３００kgとサンダーイーグルの肉50kgを渡すと、お代として金貨10枚をくれた。

ぶっちゃけ、価値からすると代金としては全く足りないが、別に問題ない。

「すまねぇなボウズ、これ以上は……」

「いやいいよ。それよりおっちゃん。相談があるんだけど」

そう言って取り出したのは七輪と木炭だ。

「これはなんだ？」

「おっちゃん、焼いてない肉串を何本かちょうだい！」

「サンダーイーグルとハイオークの串を2本ずつでいいか？」

木炭に火をいれ、もらった肉串を焼いていく。適度に焼きあがったところでいい匂いが漂い始めるが、ここからが本番だ。

「おっちゃん、秘伝のタレを肉串に塗って！」

刷毛でタレをたっぷりと塗り、炭火で焼くと先程とは比べ物にならないいい匂いが辺りに漂っていく。

道行く人々が匂いの元を探し始めたが、そんなのお構いなしだ。

「おっちゃんできたよ。肉串の炭火焼きだ！」

ゴクリ
「こ、これはマジで美味そうだな」

まずはハイオークの肉串を頬張る。ジュワっと広がる肉汁と炭火の香りがたまらない。昨日、家でもやったけどタレが違うだけで全然違う。おっちゃんのタレは天下一品だ！

「なんだこれ?! 味がグンと良くなってやがる！ 口の中に入れた後も風味がすごいぞ！ 食べ終わった後の鼻から抜ける空気までもが美味く感じるぜ！」

……この世界の人って食レポがうまい人が多くないか？ おっちゃんの言葉だけで食欲が湧いちゃった。朝ごはん食べたんだけどな……。

サンダーイーグルの肉串も最高に美味しかった。

「おっちゃん、『ねぎま』も焼いてみようよ！」

「任せとけ！　完璧に仕上げてやる！　火入れは俺のほうが得意分野だからな。というかボウズ、俺もいろいろ試したいから、この火鉢と炭？　を借りてもいいか？」

「もちろんいいよ！　それと、火鉢じゃなくて七輪だよ、おっちゃん」

「七輪だな？　覚えたぜ。使い方もさっきのを見ていたから大丈夫だ」

「火事には気を付けてね」

「おうよ！　それにしてもこれは最高に美味いな‼　我ながらタレがいい仕事している！」

そんなことを話していると、道行く人から話しかけられた。

「お、おい店主！　俺にもそれを売ってくれ！　金なら払う！」

「俺もだ！　俺にも売ってくれ！」

「私もちょうだい！　10本買うわ！」

匂いの元を見つけた人たちが群がってきてしまったが、もちろん用意はできていない。

「……ボウズ、今暇か？」

「え、暇じゃないよ？」

面倒そうな気配がしてならないので、華麗にスルーさせてもらおう。

「そ、そこを何とか頼む！　明日からは家族にも手伝ってもらうが、今日だけ頼む！　なんなら最初の1時間でいいから！」

客がどんどん増えているし、おっちゃんの必死さに負けてしまったので、仕方ないので手伝ってあげることになった。

人気のない路地に入って大きめの七輪をいくつか作る。それを使っておっちゃんの露店の裏で火を起こした。鉄網はおっちゃんが大きいのを持っていたので、それを使用した。

結局、客が客を呼び、解放されたのは昼ころだった。準備していた肉串が売り切れたみたいで、今日は店仕舞いにするらしい。

「いやーボウズがいてくれて助かったよ！　これは今日の礼だ。サンダーイーグルとハイオークの串10本ずつだ。量は多くないがぜひ食べてくれ」

「ありがとおっちゃん！　じゃあ、木炭と七輪は置いてくから頑張ってね」

さっき使った七輪と炭１００kgあれば当分は大丈夫だろう。

でもあのペースだと炭はすぐになくなりそうだから、また作りにいかないとな。

次に向かうのはレブラントさんのところだ。

「おや、アウル君、久しぶりだね。そろそろ王城から使いは来たかい？」

「こんにちは、レブラントさん。いえ、まだ来てないですね。今日はこれを売ろうと思ってきました。あとついでに羽毛も20袋持ってきました」

「ちょうど良かった！　あんなにもらった羽毛だけど、ロッキングチェアが思ったよりも売れて足りなくて困っていたんだ！　ん……これは赤松茸だね。もしかして、迷宮で取ってきたのかい？　それも、こんなにたくさん？」

「そうですよ。売れますか？」

「もちろん買い取るさ！　これだけ立派なものだと1本金貨1枚はするよ！」

俺が採ったのは高いと聞いていたキノコだ。もちろんサイズが立派なやつを重点的に採取したから、それなりの値段になるのはわかっていた。

「本当に高いんですね！　多分50本くらいあります」

「全部で……48本だね。羽毛の分も含めて、おまけして白金貨40枚と金貨50枚にしておくよ。今はちょうど手元にお金があるから払っておくね」

「ありがとうございます。じゃあ今日はこれで」

「そうだアウル君！　近々王城に呼ばれるだろう？　一部の騎士団にはきな臭い噂があるから、十分に注意したほうがいいよ」

「どんな噂なんです？」

「……ここだけの話だけど、王国を裏切って別の国に機密情報を売っているんじゃないかって噂だよ。アウル君も一躍有名になるかもしれないからね」

「情報ありがとう、レブラントさん！」

騎士団か……。会ったことはまだないけど、注意だけはしておこう。

昼前には帰るつもりが、家に帰ってきたのはちょうど午後のおやつ時だ。２人のおかげで家は綺麗に片付けられており、２人はソファーで紅茶を飲みながらゆったりとしていた。

「ただいま。少し遅くなっちゃった」

「「おかえりなさいませ、ご主人様」」

「お昼はもう食べた？」

「いえ、まだなんです」

「ご主人様と食べようと思って、待っておりました」

おっと、それは悪いことをしたな。お土産の肉串をみんなで食べようか。

「おっちゃんのところで肉串を焼いてもらったから、みんなで食べよう」

「『いい匂いです！』」

ふるふる!!

クインもこの匂いには、テンションが上がっているようだ。クインにもこの肉串を上げよう。

いつもは生肉を食べているクインだが、どうやら炭火肉串に興味が湧いたようだ。

このあとみんなで肉串を食べたが、やはり美味しかった。2人は言わずもがな喜んでいたし、クインも嬉しそうに食べていた。木炭を作って本当によかったな。

うん……クイン可愛すぎる。たまにはこの肉串を食べさせてあげようと誓った。

肉串を食べ終えたら、ルナとヨミは出かけると思っていたが、今日は家でゆっくりするらしい。

食後のデザートにクッキーをみんなで食べながら、紅茶を飲んでいると不意にドアをノックされた。もしかしたら、王城からの使いかもしれない。

「ヨミ、頼むよ」

「はい、任せてください」

ヨミが出てから2、3分経つが帰ってこない。何かあったのか？

「ヨミ、何かあったのか？」

「あ、ご主人様。この方たちが王城からの使いの方々です」

訪れていたのは豪華な鎧を着た騎士２人。おそらく騎士団の人だろう。１人は男で１人は女性だ。年はまだ若そうに見えるけど、男の人は25～28歳くらいかな。女の人はもっと若く見える。下手すれば20歳以下の可能性もあるな。

「すみません、私がここの家主のアウルです」

「……俺は第２騎士団所属のラング・オレンツだ。で、こっちがサルラード・イルリア。今日は王城からの使いで来たんだ」

「玄関ではなんですので、中にどうぞ」

「邪魔させてもらうぜ」

「……お邪魔します」

「狭いですが、ソファーにでも掛けてください」

騎士２人が座ったタイミングで、ルナが紅茶を出してくれた。その所作は完璧で、これだけ見たら完璧なメイドさんだ。……クッキーさえ一緒に出さなければだけど。

気遣いは完璧なのだけど、出したら駄目だよ、ルナ。

「……クッキー？」

「え、ええ。たまたまありましたので」

嘘はついてない。別にたまたま作ってあったのだ。

「……なかなか……手に入らない、のに……いい……の？」

「ええ、どうぞ」

話もせずにイルリアさんは黙々とクッキーを食べ始めた。紅茶も一緒に美味しそうに味わっているが、猫舌なのか冷まして飲んでいるのがまた可愛く見える。ギャップというやつかな。

「それで、王城からのお話を聞いてもいいですか？」

「イルリアがすまんな。王城へは今日から5日後の昼に来てほしい。この招待状を門番に渡せば中に案内してもらえるだろう。それと、服装だが別にいつも通りでいい。汚すぎては駄目だが、ある程度普通なら問題ない。それと所作についてては王城に着いたら、係の人が教えてくれる手筈になっている。武器は持ち込めないから注意してくれ。一応、今回の事件の立役者として呼ばれることになっているから、そのつもりでいてくれ。あと、そこのメイドの嬢ちゃんたちも一緒だ。スタンピードで活躍した者も呼べとのことだからな」

なるほど、バラックさんから聞いてた通りの感じだな。

「こんなところだが、なんか聞きたいことあるか？」

「では1つだけ。……今回の事件、国としてはどこまで把握されているのですか？」

暗にこの事件の真相は別にあるのではないのですか？　という意味も込めて聞いてみたが、なんて答えてくれるかな？

「正直、把握しきれてないというのが本音だな。今は王城もいろいろとバタついていてな。まぁ、そのせいでここに来るのが遅くなったんだが」

「そうなんですか……」

いろいろってのはレブラントさんが言っていた騎士団がらみか……？　まぁ、そんな重要な情報を教えてくれるわけないわな。

「俺からも1ついいか？」

「なんでしょう？」

「ホーンキマイラはどうやって倒した？　……というか、本当にお前が倒したのか？」

途端にオレンツさんから殺気と威圧が迸る。が、瞬時に反応したのは俺ではなくルナとヨミだ。オレンツさんの首元に短剣を当てるヨミと、即座にアクアランスを無詠唱で展開したルナ。

「へぇ……。かなり鍛えられているみたいだな、このメイド。魔法も無詠唱だったし、かなり気に入ったぜ。しかし、問題はお前さんだ。俺の殺気にも威圧にも動じないなんて、いったい何者だ？」

ここはなんて答えるのが正解なんだろう。農家ですって答えてもいいけど、絶対信じてもらえないよね……。うーん、こんなときこそ困ったときの愛想笑いだ。

にっこり
……あれ。ぽかんとした顔をしていらっしゃる。

「はっはっはっ、正体は明かせないってか？　まぁいいわ。なーんか興が醒めちまった。今日はこんなところで帰らせてもらう。帰るぞ、イル」

「……うん……お茶とクッキー、美味しかった……。ありがと……」

オレンツさんとイルリアさんは帰ってしまったが、イルリアさんは何しに来たんだ？　それにしても5日後か。思ったより時間があるしいろいろと実験したい。ついでだし、料理のレパートリーを増やしたい。

まぁ、何はなくとも今日はのんびりしようっと！

……あぁ、ロッキングチェアは本当に素晴らしいな。

SIDE：第2騎士団団長オレンツ

俺は今、ホーンキマイラを倒したっていうガキの家から帰る途中だ。

俺の横を歩くこの若い女は、見てくれは静かそうな女だが、これでも第2騎士団副団長をやっている。

正体をあえて全部話さずに様子を見たが、あまり意味なかったな。

「んで？　あのアウルとかいうガキはどうだった？　お前の目にはどう映った？」

「……一言では、形容し難い存在……。……けど……悪い人じゃ……ない、と思う」

「思うだぁ？　お前にしては偉く自信なさそうじゃねぇか。なんか見えないものでもあったのか？」

「……彼は……底が知れない……。けど、面白い……。クッキーも、美味しかった。とてもとても、美味しかった」

これは驚いた。イルの目でも判断しきれない上に、イルに初見で好かれるなんてな。運がいいのか悪いのかよくわからんが、とにかく国王には報告が必要だ。

「……ねぇ、オレンツ」

「なんだよ」

「……クッキーの、ために……死んで……？」

「唐突に物騒だな?!　嫌だよ！　てか、どうやったら今の流れでそうなるんだ?!」

「……ちっ」

イルのやつ怖すぎだろ！

はぁ……。あ、そういや俺、クッキー食ってねぇ……。

SIDE：第2騎士団副団長イルリア

久しぶりにクッキーを食べた。あれは本当に素晴らしい。私が口下手じゃなければ、ずっとあの素晴らしさについて語っていたいくらい素晴らしい。

それに、あのアウルという少年も興味深い。私の恩恵の看破をもってしても見切れなかった。エリーの審美眼ならあの少年の全てを見られたんだろうか……？　少し気になる。

でも、今度エリーにクッキーを食べたと自慢しに行かなきゃ。ただ、今日食べたクッキーは以前買ったものよりも数段美味しかった。エリーが言っていた奇跡の料理人って、もしかしてアウル君のことなのかな？　また行けば食べられるかな？

厚かましいって思われるかな？　いや、大丈夫だよね。……アウル君優しそうだったし。奴隷メイドの子たちももの凄く可愛かった。あの子たちも毎日クッキー食べているのかな。私も奴隷メイドになれば毎日クッキー食べられるかな？

でも、そんなことオレンツが許してくれないし……。

クッキーのためにオレンツを消す必要があるかもしれない。そうすればアウル君の奴隷メイドの道が開く気がする。

「……ねぇ、オレンツ」

「なんだよ」

「……クッキーの、ために……死んで……？」

「唐突に物騒だな⁈　嫌だよ！　てか、どうやったら今の流れでそうなるんだ⁉」

「……ちっ」

オレンツのアホめ。

アウル君、待っていてね。いつか私も……。

SIDE：アウル

ぞくっっ！

「なんだっ⁉」

「ご主人様、どうされたのですか？」

「いや、急にもの凄い寒気がしたんだ」

「うふふ、風邪ですか？　私が温めてあげますよ」

正体を隠されているからわからなかったとはいえ、団長の殺気と威圧に動じなかったせいで、団長と国王には完全に目を付けられた気がする。

また、イルリアにも違う意味で目を付けられたような……。いや、気のせいか。

不当な権力には屈しないというのが俺の信条だけど、これ以上厄介ごとには巻き込まれたくはないものだ。

ep.22 登城

SIDE：???

「準備も一通り終わった。とうとうこのオーブを使うときが来たぞ。セラス、俺は今から一段階進化する」

「念願が果たされますね」

「その通りだ。いくぞっ‼」

手に持ったオーブに魔力を注ぎ始めると、すぐにオーブから反応がある。

【恩恵を強制進化させますか？】

もちろんだ！

【恩恵が強制進化しました。制約は残り7日です】

「なに⁈　文献と違うではないか！」

「どうされたのですか？」

「恩恵が進化したのはいい。しかし、制約があるというのだ！」

「どのような制約なので？」

「7日間しか、恩恵の進化は維持できないらしい」

「なっ⁈　それでは、計画が間に合いません！」

「……仕方ない。5日後に王城に上級貴族たちが集まる。もちろんあのアウルとかいう少年もな。そのときに計画を実施する」

「かしこまりました。フィレル伯爵はどうされますか？」

「そうだな……。この力の実験台になってもらおうか。完全に使いこなせるようにならないといけないからな。面会の要請があったみたいだし、ちょうどいいだろう」

想定外ではあったが、計画は修正できる範囲だ。もうすぐ念願が叶う。

もうすぐ……。

SIDE：アウル

騎士団の2人が来てからもう4日が経った。明日は王城へ行く日である。

この4日間は、無駄に過ごしていたわけではない。

炭を大量に作ったり新しいお菓子の開発もした。ゴーレム研究もしたが、いまだに完成には至ってない。が、迷宮で確保した素材は有用で、もう少しで完成すると思われる。他にも家族に向けて手紙も書いた。あとは、登城するための衣装の発注だ。いつもの服屋さんに頼んで、超特急で作ってもらった。2人の採寸はメイド服のときに済ませてあるので、サプライズにしてある。

ちなみに、今日は2人の指輪をアップデートしようと思っている。

「2人とも、指輪なんだけどもう少し能力とか形を調整したいから、貸してもらえるかな？」

「「……」」

お願いしたのに、2人は指輪をはめた手を隠すようにしている。

「えっと、どうしたの？」

「いいえ、ご主人様が初めて創ってくださった物でしたので、愛着と言いますか……」

「私も、これはこのままがいいのです」

なるほど。そこまで大事にしてくれているとなると無理に調整するのは無粋か。

うーん。

2人に視線を向けると、片耳のみにイヤリングをしている。伝声の魔道具の対となる物だ。

そうか、何も指輪に拘る必要はないのか。

「わかった。じゃあ魔法だけ込めるから手を出して。ちなみにどんな魔法がいい？」

「私はできるなら回復魔法がいいです」

「私も回復魔法だと嬉しいです」

確かに、ルナとヨミは独自での回復方法を持ち合わせていない。

ポーションとかを買えばいいんだろうけど、なかなか手に入る物でもないからな。

「分かった、2人の指輪にはパーフェクトヒールを込めておくよ」

「「ありがとうございます、ご主人様」」

じゃあ新たにイヤリングでも作ろうかね。どうせなら宝石を付けたら綺麗かもしれない。

どうせだし、2人の得意な属性の魔物が落とした魔石も使ってあげよう。

ルナは雷鯰《かみなりなまず》の魔石でいいとして、ヨミの水属性か。水系の強い敵と戦ったことがないからなぁ。

……取りに行くか。湖畔エリアならなんかいるかもしれないし。

結論から言うと、そこそこなのがいた。魔物図鑑にも載っていたアクアタイガーと呼ばれる魔物だ。体が水でできており、物理攻撃がほとんど効かないというチート魔物だ。

その反面、氷魔法にめっぽう弱かったので倒すのは一瞬だったが。

イヤリングと言っても形はさまざまだ。伝声の魔道具のイヤリングは丸い金属に留め具が付いているだけのシンプルな作り。

どうせだから可愛いのがいいけど……良くわからないので直感で作ることにした。

悩んだ結果、リング型のイヤリングにした。作るのが簡単そうだし金属の量もそれなりに使える。

魔石には予め俺の魔力を注ぎ込んである。もちろん各属性の魔力だ。

大きい魔石から豆粒くらいに切り出すのは勿体ない気もしたが、仕方ない。

魔石を切り終えた後は、アダマンタイトを軸に神銀でイヤリングの形を象る。最後にミスリルでコーティングすれば完成だが、ここでひと手間を加えてみる。

ミスリルコーティングのあとにもう一層ずつ神銀とミスリルをコーティング。これで容量が増えればいいいんだけど……。

ついでに、自分用とクインにも2人と同じ作りの指輪を作成する。

これでお揃いだ。クイン用のは、指輪と言うより腕輪になってしまったけどね。

「2人ともお待たせ。これをもう片方の耳に付けてほしいんだ」

「これはイヤリングですか？」

「とっても綺麗ですね」

「そうだよ。これでいろいろ便利になると思う」

イヤリングにつけた能力は以下の3つだ。

・自動多重障壁展開（5層）
・状態異常耐性
・属性攻撃強化　1・5倍

ルナなら雷、ヨミなら水属性の攻撃が1・5倍になる優れ物だ。指輪と合わせれば全部で10層の障壁が展開される。それにこれを身に着けていれば、ある程度の状態異常なら無効化してくれるから、毒攻撃をくらっても少しは安全だ。

「ありがとうございます、ご主人様！　一生大事にします！」

「ふふふ、ご主人様の奴隷になれて幸せです」

2人は初めてもらったときと同じように喜んでくれた。人が喜ぶ顔というのは見ていて気持ちがいい。今度はミレイちゃんにも何か別に作ってあげよう。

「クインにもあるんだ。おいで」

ふるふる！

嬉しそうに抱き付いてくるクインを抱きとめて、腕輪をしてあげる。

「クインのには2人にあげた指輪と同じ能力が付いてるからね」

ふるふる！

ブンブンと腕を振って喜んでいるようだ。こんなに喜んでくれるなら作った甲斐があったな。

そして、渡したい物は他にもある。登城用に用意した2人のドレスだ。

「さすがにメイド服で登城するわけにもいかないので、2人にはドレスを用意したんだ」

今回用意したドレスは、白金貨が数枚必要になるほどに高かったけど、その出来を見たときには納得してしまった。もちろん、魔物糸素材もふんだんに使っている。

「あ、ありがとうございます！」

「うふふふ、ドレスなんて初めて着るので楽しみです」

勝手にドレスを決めたことは申し訳なかったけど、店員さんとも相談して決めたので、おそらく大丈夫なはずだ。

2人が着替えてくれている間、そわそわしながらもクインを愛でて気を落ち着かせていた。今か今かと待ち侘びていると、20分くらいでルナとヨミが戻ってきた。

「えっと、どうでしょうか？　に、似合っていますか？」

「うふふ、ルナはとっても可愛いわよ？　それこそ、私の次くらいに」

うっすらと化粧をしてドレスを着た２人はとても美しく、まるでどこかのお姫様と言われても遜色ないほどだ。

ルナの綺麗な銀髪が丁寧に編み込まれ、ダークグレーのドレスがその銀髪とよく似合っている。真面目なルナの良さを生かしつつ、大人びた一面が垣間見える素敵な仕上がりだ。

それに対してヨミだけど、ヨミの明るい茶髪には柔らかなウェーブがかけられており、大人っぽさに拍車がかかっている。そして、真紅のドレスがヨミの特徴である色気を上品に引き立てているのだ。

我ながら完璧な見立てだった。思わず見惚れてしまうほどに。

「２人ともとっても綺麗だ。本当によく似合っているね」

心からそう思う。もともと綺麗だったけど、化粧をすることはなかった。しかし、今は違う。しっかりと化粧をした２人は、いつにも増して魅力的だ。社交界に出たらすぐさま男が寄ってきそうだ。

「「えへへへ……」」

服の確認も無事に終わって一安心したらお腹が空いてしまった。

「じゃあ、そろそろ夜ご飯にしようか」

「「かしこまりました！」」

今日の夜ご飯は英気を養う意味も込めて、ちょっと豪華にした。

献立は、サンダーイーグルの炭火焼き肉と小ネギを入れて卵でとじた麦粥、茄子のから揚げ、野菜スープ、ベーコングリルとスモークソーセージグリルの盛り合わせだ。

ちょっと作りすぎたかな？　と思ったけど、２人の食べっぷりが凄くて全部なくなってしまった。

……まだ2人は成長期らしい。どこが、とは言わないが。


王城に行く日の朝は、特に冷え込んでいた。

朝ご飯を食べて準備をしたら出発だ。

王城に向かう道中、おっちゃんの屋台で肉串を買うついでに肉を卸す。

炭火を使い始めてから忙しいのか、家族総出でやっているようだ。

この調子ならいずれ屋台じゃなくて、店舗を持つことも可能かもしれない。

……というか俺が出資するというのもありか？

少し雑談をしていると、疲れているのかおっちゃん含めて家族全員の体調が少し悪そうだった。

内緒でヒールをかけてあげたが、効果が出た気配がない。

ヒールで治らないとは、どれだけ疲れているんだよ、おっちゃん。

パーフェクトヒール！

「おっちゃん、体調はどう？」

「あれ、さっきまで怠かった体が軽いや！　もしかしてボウズが治してくれたのか？　ありがとうな！」

おっちゃんの良いところは、深く詮索してこないことだ。目の前でアイテムボックスを使っても何も言ってこないし、回復魔法を使っても感謝だけ。

一緒にいて楽なタイプの人だ。

おっちゃんの奥さんと娘さんにも回復魔法をかけてあげると凄く感謝された。

本当に気持ちのいい人たちだとつくづく思う。だが、体調を崩したのがこの寒さによるものだとしたら、やっぱり薪ストーブをレブラントさんに売ってもらうのがいいだろう。

それにオーネン村でも流行れば、みんな助かるしね。

そのまま歩いていき、城門の衛兵らしき人に招待状を渡した。

「これは本物のようだな。話は聞いている。付いてきてくれ」

来たのが子供とメイド2人だというのに丁寧な対応。さすがは王城の衛兵だ。

横柄な態度でも取られたらどうしようかと思っていたけど、杞憂だったみたいだ。

「ここの部屋で待っていてくれ。この後の流れについて宰相様が教えに来てくれる」

誰が所作とか教えてくれるのか不思議だったけど、どうやら宰相様が教えてくれるようだ。

かなり身分が上の人なのに、雑務もやったりするんだな。

いや、宰相様を通して俺に探りを入れようとでもしているのかな？　騎士団の人たちもそんな感じだったし。

国王は食えない人かもしれないな……。うまく利用されないように注意しなきゃ。

案内された部屋は、40畳はありそうな立派な応接室だった。ただの応接室だというのにここまで立派にする意味ってあるのか？　と思ってしまう。まぁ、国で一番偉い人の使うところだから、示さねばならない部分というのはあるのだろう。宰相様を待っていると、メイドさんたちがお茶とお菓子を出してくれる。

こんなことを言うのもなんだが、我が家で食べているお菓子のほうが美味しかった。お茶は絶品だったけどね。

しかし、俺が応接室で暢気にお茶を楽しんでいるころ、王都では着実に何かが起きていたのだが、このときの俺は謁見に緊張してそれに気づくことが出来なかった。

そして、俺が全てに気づいたころ、大変なことが起きたのだ。

ノベルス

のんべんだらりな転生者《てんせいしや》
～貧乏《びんぼう》農家《のうか》を満喫《まんきつ》す～②

2020年12月1日　第1刷発行

著　者　咲《さ》く桜《さくら》

発行者　島野浩二

発行所　株式会社双葉社
〒162-8540　東京都新宿区東五軒町3番28号
[電話] 03-5261-4818（営業）　03-5261-4851（編集）
http://www.futabasha.co.jp/（双葉社の書籍・コミック・ムックが買えます）

印刷・製本所　三晃印刷株式会社

[電話] 03-5261-4822（製作部）
ISBN 978-4-575-24352-9 C0093　